lr

Friedrich Hahn

Von allem Ende an

Roman

laurin

1. Auflage
ISBN 978-3-902719-73-7

Universität Innsbruck, Vizerektorat für Forschung
Layout: Carmen Drolshagen
Coverdesign und Photo: Gregor Sailer
Druck und Bindung: CPI Moravia

Wie sehr einem
das Leben erst gehört,
nachdem man
es erfunden hat.

Djuna Barnes

1

Der, für den ich mich hielt, biss in einen Apfel. Er sah mitan, wie etliche seiner Zähne in dem Fruchtfleisch stecken geblieben waren. Er zog sie mit Bedacht heraus. Und versammelte sie in einem ledernen Becher, wie man ihn vom Würfelpokern her kennt. Er schüttelte den Becher. Das ergab ein lustiges Klappern. Gleichzeitig spürte er im Mund das Kleinteilige loser Zähne. Er getraute sich nicht zu schlucken, versuchte die Szene zu überspielen. Denn scheinbar befand er sich in Gesellschaft. Eine Tischrunde, deren Gästen allesamt das Gesicht fehlte. Sie führten Zahnbürsten an die Stelle, wo sonst der Mund war. Und begannen blindwütig mit Putzbewegungen. In diesem Moment wusste ich, dass ich es war, dem ich da zusah, wie er alle Zähne verlor. Ich sah mir also selbst zu.

Wie finden Sie denn das ...?!

Das ist doch leicht, sagte Christa Krön. Mit den Zähnen wird die Nahrung so zubereitet, dass sie verdaut werden kann. Wer seine Zähne verloren hat, dem fehlt die Kraft, die Dinge, die ihn umgeben, für sich zu verarbeiten und zu reflektieren. Dein Traum ist als Aufforderung zu verstehen, sich mehr mit dem Leben zu beschäftigen, anstatt schlecht vorbereitet in eine Situation hineinzulaufen.

Da hättest du aber auch selbst darauf kommen können, Herr Steller.

Wenn ich Sie nicht hätte, Frau Krön, gab sich Steller dankbar. Sie hatten einander vor über zehn Jahren bei einem von Kröns Selbstfindungsseminaren kennengelernt.

Wir werden uns auf die Spuren der Urkraft der Seele begeben. Dabei geht es um die Fragen unseres Auftrags im Leben. Welche Teile blieben bis jetzt ungelebt und drängen danach, gelebt zu werden? Was gibt es zu erkennen, um unseren eigenen, eigentlichen Pfad einzuschlagen? In diesem Seminar werden wir uns dem tiefen Wissen um die Bedürfnisse unserer Seele und deren Verwirklichung annähern. Über unsere Ressourcen, Stärken und Fähigkeiten soll der Zugang zu neuer Lebensfreude und Energie ermöglicht werden. Unterstützend wirken dabei die Methoden der systemischen Selbsterfahrung, die Natur, schamanische Übungen, Rituale, Tänze und das gemeinsame Tun in der Gruppe.

Engelbert war beeindruckt gewesen. Weniger vom Seminar. Mehr noch von der Persönlichkeit dieser Krön, ihrer Ausstrahlung, ihrem Insichselbstruhen. Sie waren über die vier Tage hinaus in Kontakt geblieben. „Wir können uns gerne treffen“, sagte damals die Krön:

„Du musst mir nur eines versprechen, du darfst

dich nicht in mich verlieben.“ Seitdem tauschen sie sich bei freundschaftlichen Treffen über ihre Befindlichkeiten aus. Sie verfallen gerne in die Anrede per Nachnamen. Ein Du per Nachnahme quasi.

Manches Mal geht's gar nicht darum, ob wir diesen oder jenen Traum träumen, sondern einfach darum, dass wir überhaupt träumen, stimmt's, oder stimmt's etwa nicht, hörte sich Steller sagen.

Der Tag hatte zwischendurch immer wieder Hänger und Längen. Wie geschaffen für kleine Abschiede. Steller benützte die Pausen, um sich Sorgen zu machen. Und so etwas nennt sich Tag. Die Leere versteckte sich im Billasackerl von Christa Krön.

Bis demnächst.

Und schönen Tag noch.

Danke. Und viel Freude mit dem Handke.

Steller verzog sich in sein Minibüro, das mehr eine Nische war. Und Platz nur für das Notwendigste bot. PC, Telefon, Zettelhalter. Engelbert hat sich eine Strategie gegen seinen Ordnungszwang zurechtgelegt. Er lässt immer nur ein Stück von jeder Sorte Utensilie auf seinem Schreibtisch zu. So kommt er nicht in Verlegenheit, die einzelnen Sorten nach Reihe und Größe auszurichten. Kante an Kante. Seite an Seite. Die einzelnen Vertreter jeder Sorte bewahrt er außerdem in einer Holzschüssel auf, sodass er auch nicht in Verlegenheit kommt, die Sorten untereinander zu schlichten, zu ordnen oder auszurichten.

Ein bisschen Buchhaltung, Zettelwerk, Belege, Sozialversicherungskram waren aufzuarbeiten. Marion, das Lehrmädchen, war noch nicht so weit. War in diesen Dingen noch keine wirkliche Stütze. Aber sie zeigte sich bemüht. Bemüht und freundlich. Und (!): Sie kennt sich in PC-Sachen aus. Sie hatte ihm die Buchhändler-Software installiert. Das VLB, das Verzeichnis lieferbarer Bücher. Und auch das Köbu-Win für Bestellungen. Und sie hatte Steller auch alles so erklärt, dass sogar er es verstanden hatte. Und nun damit umgehen konnte. Auch Worddateien waren für Steller jetzt keine Hexerei mehr.

Marion war für Steller so etwas wie der gute Geist geworden. Erst hatte sich Steller an ihrem Augenbrauen-Piercing gestört. Aber dann ... Jetzt fand Steller sie rundherum süß, einfach nur süß.

Zweimal in der Woche musste Marion in die Berufsschule. Es war kurz nach fünf. Er könnte im Grunde zusperren. Steller sah sich um. All die Bücher ein Symbol, das alles das enthält, was Engelbert Steller nicht ist. Wenn er Bücher empfiehlt, rät er der Kundschaft im Grunde zugleich von sich ab. Manchmal rät Steller auch von einem verlangten Buch ab, ja er weigert sich in manchen Fällen sogar, es zu bestellen. Steller einzig in Gesellschaft seiner Wünsche: Wenn ich doch bloß jemanden fände, der sie übersetzen könnte, womöglich ins Nichtliterarische. Steller lauert seinem Leben in einem fort auf, um sich nicht selbst begegnen zu müssen. Er sieht auf die Bilder im Raum, die fehlenden. Diese und die Berge von Büchern, gestapelt, aufgetürmt, teils in Schachteln, teils in improvisierten Regalen versammelt, gaben dem Raum, der alles anderem denn einem Verkaufsraum einer ordentlichen Buchhandlung glich, sein Gepräge.

Engelbert Steller möchte selbst ein Buch verfassen. Er hat viele Notizhefte vollgeschrieben. Und er hat vieles im Kopf. Ich werde über Frauen und Liebschaften schreiben.

Ich werde beschreiben, wie ich mir das vorgestellt, wie ich mir das gewünscht habe, hat Engelbert seinen Plan zu seinem Roman-Projekt gegenüber Christa Krön einmal beschrieben.

Seine Lebensgeschichte will er aufschreiben. Zurück will er gehen. Zurück zu den Wendepunkten, den Weichen, um zu sehen, wohin sie geführt hätten, wären sie anders gestellt worden.

Gedankenverloren schlägt er sein Notizheft auf, das er immer auf seinem Minibüroschreibtisch liegen hat. Steller liest:

Nicht Biographie, sondern Untersuchung und Auffindung möglichst kleiner Bestandteile. Daraus will ich mich dann aufbauen, so wie einer, dessen Haus unsicher ist, daneben ein sicheres aufbauen will, womöglich aus dem Material des alten. Schlimm ist es allerdings, wenn mitten im Bau seine Kraft aufhört und er jetzt statt eines zwar unsicheren aber doch vollständigen Hauses, ein halbzerstörtes und ein halbfertiges hat, also nichts. Was folgt ist Irrsinn, also etwa ein Kosakentanz zwischen den Häusern, wobei der Kosak mit den Stiefelabsätzen die Erde so lange scharrt und auswirft, bis sich unter ihm ein Grab bildet.

Ein Kafka. Steller hat seinen Kafka schon früh gelesen. Er hat dann oft tagelang in einer Telefonzelle gewohnt. Dort, am Boden hockend, von der Welt übersehen und selbst die Welt vergessend, sich in seine Lektüre verlierend. Steller und die Hochzeitsvorbereitungen. Steller und der Prozess. Steller und das Urteil, die Verwandlung, dann auch all das Nachgelassene.

Viertel vor sechs.

Er könnte zusperren.

Er könnte noch offenhalten. Vielleicht die neue Flohmarktware, die er am Wochenende blind in zwei Schachteln für zehn Euro erstanden hatte, sichten.

Zusperren. Offenhalten. Stellers Blick nahm etwas Starres an. Er sah wie einer, der durch eine Luke aus einem finsteren Keller ins Freie blickt. Nur, dass da keine Luke war. Und er nicht im Keller. Er ließ seinen Blick wandern. Bei einem Ausschnitt verfing er sich. Seine beiden Augen zwei Ausländer in einem Gesicht, das Steller sich im Moment nicht auswendig vorstellen konnte. Es gibt Tage, so fremd und doch so klar, wie Scherenschnitte aus einer Anderswelt. Mit schief gehaltenem Kopf las er Rückentiteleien. Wer liebt wen? Und warum? Jetzt geh ich's an! Früher hatte er einmal den Versuch unternommen, die Bücher nach Autoren, Sparten, also Belletristik, Lyrik, Drama und so bzw. nach Sachgebieten, Ratgeber und so weiter zu ordnen. Der Ausschnitt, bei dem er gerade angekommen war, fiel wohl in die Abteilung „Wie mache ich mein Glück?" Seine Ordnungsversuche hatte er aber bald wieder aufgegeben. Die „Abteilungen" wucherten zu, bildeten da und dort unkontrollierbare Auswüchse. Oder dünnten bis zur Unkenntlichkeit aus.

Die Glücksabteilung schien noch ziemlich intakt zu sein, wie Steller jetzt beinahe zufrieden feststellte. Autoren und Dichterinnen gefielen sich darin, das Glück als Nymphomanin zu sehen, als Hure, als Pförtnerin eines Stundenhotels. Mit den Vergleichen waren sie schnell bei der Hand, die Poeten. Metaphern nannten sie das. Er, Steller, nannte das Wie-Manie. Größere Ansammlungen von Büchern erinnern Steller an Friedhöfe. All die Sehnsüchte, Ängste, Hoffnungen liegen zwischen den Buchdeckeln begraben. Vermehren und begraben als die zwei Haupttätigkeiten eines Autors, einer Autorin. Denn leitet man Autor vom Lateinischen *auctor* ab, dem wiederum das Verbum *augere* zu Grunde liegt, und dies bedeutet nun mal vermehren, dann bereichern die Literaten die einzigen der Literatur würdigen Themen, nämlich Sex und das Altwerden bzw. Sterben um eine neue Facette, um ihre Facette, ihre ureigenste. Um sie schlussendlich in einer Publikation zu begraben. Vermehren und begraben.

Vermehren und begraben.

Steller schreckte vom Glockenspiel über der Eingangstür hoch. Manuel, der Friseur von gegenüber, fragte, ob er, Steller, auf einen Kaffee vorbeikommen wolle.

Wie ...?! Ja, gern, danke ... sammelte Steller seine

Gedanken zu einer alltagstauglichen Formulierung.

So in zehn Minuten (?), fragte Manuel.

Eher fünfzehn ...

Es ist so schwer, sich für eine Geschichte zu entscheiden. Da ist der Steller, der den Plan, einen Roman zu schreiben, vor sich herwälzt. Und da ist dieser andere Steller, der nur in den Notizheften und verstreuten Zetteln, die Engelbert Steller in einem alten Hamsterkäfig aufbewahrt bzw. auf Wäscheleinen kluppt, die er überall im Haus gespannt hat, vorkommt.

Der Steller, der im Leben steht, hat Angst, sein Romanprojekt aus den Augen zu verlieren. Und der andere, der Steller aus Stellers Notizen, hat Angst, dem Steller aus dem wirklichen Leben im Weg zu stehen.

Hatte er überhaupt eine Wahl? Ermangelt es einem ab einem gewissen Alter nicht überhaupt an jeder Wahlmöglichkeit?

Und war er mit seinen 58 Jahren nicht bereits jenseits dieser Grenze?

Manuel winkte schon ungeduldig von der anderen Straßenseite. Manuel, ein Steirer mit vaterseits spanischen Wurzeln, und geschätzte 30 bis 35 Jahre alt, hatte den Laden vor fünf Jahren übernommen, ihn flugs *Zu den vier Haareszeiten* umbenannt, und daraus einen florierenden Haarstyling-Salon gemacht, der besonders von der heimischen Damenwelt gern frequentiert wurde.

Manuel ist mit Ausnahme der Krön so ziemlich der einzige im Ort, der Steller als den akzeptiert, der er ist. Sonst muss es sich Steller schon gefallen lassen, als Sonderling zu gelten. Der in seinem Bücherturm, sagen die Leute, der kann nicht ganz richtig sein. Oder: Der wird in seinen Papierbergen noch einmal umkommen.

Hallo, mein Freund! Buenas tardes. Komm! Komm rein. Manuels Herzlichkeit war zugleich theatralisch und echt. Wie war dein Tag, Steller?!

Es ging so ...

Aquí por favor. Dein Kaffee. Wie immer hatte Manuel zwei Tassen auf dem Zeitschriftentischchen in der Warteecke bereitgestellt. Es ging so (?), fragte er nach, um gleich auf sein Lieblingsthema zu kommen: Steller, du brauchst eine Frau. Una mujer. Frauen sind gut. Besser als immer nur los libros. Bücher, Bücher ...

Frauen sind gut fürs Herz. Und (!): Gut fürs Bett. Comprendes? Manuels Tonfall bekam automatisch etwas Lockendes, Verlockendes. Seine Augen glühten.

Ach, Frauen ..., wehrte Steller ab, als wollte er sagen, da könnte ich dir Geschichten erzählen ... Frauen sind ein eigenes Kapitel. Steller meinte dies wortwörtlich. Hielt er doch vier graue Hefte in einem separaten Fach bereit, wenn er bzw. sein Roman-Ich auf seine Lebensabschnittsgefährtinnen zu sprechen kommen würde ...

Frauen sind gut, gute Frauen das Beste. Glaube mir, Steller!

Die Guten, weißt du, zitierte Steller eine Notiz, die er erst gestern in sein schwarzes Heft geschrieben hatte, die Guten, die sind die Schlimmsten. Sie verhindern, dass es zum totalen Kollaps kommt, und wir noch einmal ganz von vorne anfangen könnten.

Eh, ... – Manuel rang nach Worten, was höchst selten vorkam, fasste sich aber schnell wieder: Ah, Philosophie, du philosophierst mal wieder, un filósofo. Und sogleich hatte er auch einen praktischen Tipp parat: Caramba, du denkst zu viel. Wer viel denkt, vergisst aufs Leben. La vida, ha! Und, – ... ich muss dir das auch heute wieder sagen, ... – du hast zu viele Haare, griff er sich in seine, strich in gespielter Pose über seine glänzend schwarze Haarpracht. Und lachte. Im Gegensatz zu Manuel hat Steller dünnes langes Haar, zu dem man beim besten Willen nicht Frisur sagen kann. Federn, sagt Manuel dazu. Sagt Manuel dann immer: Du hast Federn, no es pelo. Grinste Manuel jetzt wieder übers ganze Gesicht. Seine großen Augen, eine markante Nase und ein Mund mit zwei vollen Lippen stritten um den engen Platz in Manuels dunkel gebräuntem Gesicht. Sein eigenes Gesicht hingegen hat Steller als etwas Fragiles vor sich. Als etwas Provisorisches. Ja, eine provisorische Ansammlung von Sinnesorganen ...

Manchmal gerät Engelbert Steller in Versuchung, und jetzt war so ein Augenblick, und er probierte die erfundenen Sätze aus seinem schwarzen Heft aus, wie sie sich im wirklichen Leben anhören. Er hört sich dann Sätze sagen, von denen er im nächsten Moment nicht mehr wusste, was erfunden, oder was aus seinem Heft heraus zitiert ist.

Die Gedanken entglitten Engelbert, während Manuel wortreich, und mit beiden Händen gestikulierend, erklärte, wie er sich Stellers Frisur vorstellte. Dies alles zwar dicht vor Stellers Augen, aber in dessen Kopf ganz weit weg. Ganz weit hinten. Und immer leiser werdend. Ein Gewitter aus unfertigen oder steckengebliebenen Sätzen tobte dafür in Stellers Hirn. Keine Ordnung wollte sich einstellen. Keine Abfolge. Kein Anfang.

Wie spät?, fragte Steller. Manuel griff vorsichtig nach Stellers linkem Handgelenk, drehte es mit Bedacht ins Blickfeld seines schiefen Kopfes und las von einer Swatch mit Raiffeisen-Logo „Ocho menos cuarto“ ab. Etwas verlegen eignete sich Steller wieder seinen Arm an, indem er durch eine kurze Schüttelbewegung die Uhr für seinen Blick in Stellung brachte. Ach ja, viertel vor acht ... es ist Zeit für mich ... danke für den Kaffee, Manuel ... ich muss noch ein wenig Papierkram erledigen, log Steller.

So plötzlich (?!), ich lass dir deine Haare ... Lo prometo, ... – versprochen ...

Beide lachten. Steller klopfte Manuel freundschaftlich auf den Oberarm: Ciao!

Adios, hasta la proxima! Buenas noches! Bis nächstes Mal.

Draußen vor der Tür kippte er die Handflächen beider Hände nach oben. Es nieselte. In Stellers oberer Gesichtshälfte hielten Augen nach Regen Ausschau. Eine Abordnung von Wolken wuchs über dem Zickzack der Dächer herauf. Sie waren von der Art, die es schon bald sehr ernst nehmen würden. Manche von ihnen benahmen sich, als seien sie Schwertransporter.

Der ganze Sommer war bisher schon ziemlich verregnet gewesen, die Temperaturen alles andere denn sommerlich. Er stand da, hinter ihm die *Haareszeiten*, vor ihm sein Haus. Es hatte etwas von einem Turm. Siebeneinhalb Meter breit, dafür drei Stockwerke hoch. Das Bauwerk im Grunde kein Haus, mehr ein Turm. So ein Haus hat es gut, fiel es Steller plötzlich ein. Es hat nichts mitzuteilen, außer: Ich bin ein Haus. Ein welkes Blatt in einer hässlichen Braunfärbung schmirgelte vor Engelberts Füßen vorbei. Die Hauptstraße ist hier nur eine Fahrbahn breit. Eine Ampel regelt die Engstelle. Sie zeigte rot. Hielt aber niemanden und nichts zum Anhalten an. Kein Auto weit und breit. Kein Passant. Nur Steller. Er stand immer noch starr, ganz Beobachter seines Wohn- und Bücherturms. Er stand starr. Man hätte meinen können, er sei betäubt. Als hätte jemand auf einer Fernbedienung die Pause-Taste gedrückt. Langsam setzte sich Steller dann doch in Bewegung.

Die Tür stand offen. Wie immer. Steller versperrt niemals die Tür. Er könnte auch nicht sagen, wo er den Schlüssel aufbewahrt. Seine Nase ist immer zuerst zu Hause. Es riecht nach Hitze. Nach Holz. Und nach Staub. Steller machte Licht.

Das Haus besteht fast zur Gänze aus einer breiten Stiege aus massivem Holz. Nuss, dutzende Male bis zur Unkenntlichkeit gebeizt. Das Geländer kunstvoll gedrechselt. Eine hölzerne u-förmige Skulptur, in Halbstöcke gegliedert. Bilder provozieren Bilder, die ultimative Skulptur nährt alle folgenden. Und solange geträumt wird, üben Treppen Druck aus. Und dem müssen dann Engelbert Stellers Notizbücher, ein Streichholz oder was auch immer sich gerade in Griffnähe befindet, standhalten.

In jeder Etage führt ein Durchlass in einen kleinen Raum, nicht größer als eine Abstellkammer. Schuhschachteln nennt Steller diese seine Kabäuschen. Im Erdgeschoß ist die Schuhschachtel eine Auslage. Im ersten Stock hat Steller sein kleines Büro mit dem PC-Platz eingerichtet. Im zweiten Stock finden sich eine Kochgelegenheit, eine Waschmaschine, eine Duschkabine. Und eine Toilette. Im dritten Stock steht einzig ein Bett. Ein Futon. Ein Spiegel, rahmenlos, lehnt links daneben. Drumherum liegt Stellers gesammelte Garderobe verstreut. Auch ein paar Frauensachen sind darunter. Steller hat sie aus dem Kleidersammel-Container geklaut. Die Sachen sollen gegen die manchmal aufkommende Einsamkeit helfen. Und Steller kann sich dann einreden, sie, – SIE!, – sei nur mal einen Sprung zum Einkaufen. SIE, die Frau, seine Partnerin, seine Geliebte (!), müsse in jedem Moment wieder da sein ... weil ja auch noch die Wäsche von ihr hier überall herumliegt ...

Steller entkleidete sich. Bedächtig, als sei es eine Zen-Übung. Gänzlich nackt sah er an sich hinab, konfrontierte seinen Körper mit seinem Spiegelbild. Er hatte sein Äußeres, seine Figur völlig anders in Erinnerung. Jetzt war er eine unbewegliche Null. Jahr für Jahr schritt die Degeneration seiner alternden Wirbelsäule voran und ließ ihn mehr und mehr die Kontrolle über sein linkes Bein verlieren. Die Schonhaltung verminderte die Muskelkraft, das linke Bein war merklich dünner geworden. In Ciorans Aufzeichnungen hatte er sich einst eine Stelle angestrichen:

Bei großer Hitze oder Kälte ziehe ich besonders mein linkes Bein nach. Wenn ich nicht leide, habe ich das sehr irritierende Gefühl eines ununterbrochenen Kribbelns.

Steller schaltete sein Portable-Fernsehgerät per Fernbedienung ein und flüchtete samt dieser unter die Bettdecke. Das Bett, sein Bett, ist für Engelbert ein Ort, der nur aus Gedanken besteht. Und aus jener Person, die sich diesen Ort vorstellt. Sich diesen Ort erfunden hat. Aber da sind auch noch Pilzsporen, wie sie auf alten Büchern gedeihen, und die Halluzinationen und Psychosen hervorrufen können. Und so eine echte Bedrohung der geistigen Gesundheit darstellen.

Und von diesen Büchern gab es immer eine ganze Menge in und rund um sein Bett. Steller las nie *ein* Buch. Und dann das nächste. Steller las zur gleichen Zeit immer mehrere Bücher. Und Steller notierte. Er notierte viel. Einzelne Gedanken und Formulierungen aus den Büchern. Dazwischen Bruchstückhaftes, das vom Fernseher kam.

Oft konnte er am nächsten Morgen seine Schrift nicht mehr entziffern. Und er musste die Texte spontan ergänzen, sodass sie einigermaßen Sinn ergaben. Jetzt versuchte er, den vorigen Abschnitt zu entziffern, und er las:

Wir genossen das aufkommende Gefühl
schleichender Plötzlichkeit.
Wir waren Hunde.
Es liegt wohl an mir.
Jetzt geh ich's an.
Die losen Schenkel entschlossen.
Aus eigener Kraft hinauf
auf die desolaten Berge.
Sicheldünn und knietief stehen wir im
Milchschoß.
Immer weiterreden.
Immer weiterschreiben.
Dann würde schon etwas werden.
Etwas, das bleibt.
Was kommt – was bleibt.

Steller musste eingeschlafen sein. Als er erwachte, lief der Fernseher noch. Er musste einen Stock tiefer, Wasser lassen. Sein linkes Bein schmerzte. Am Abend zuvor, war da nicht Dr. House gelaufen?

Steller musste schmunzeln. Egal, ob Dr. House, oder E. M. Cioran: Irgendetwas ist immer, was auf ihn, Steller, verwies. Wahrscheinlich konnte man keinen Gedanken fassen, keine Idee haben, ohne dass man sie eines Tages nicht in einem Buch wiederfinden würde ...

Nicht zu wissen, woran man leidet, ist immer noch

die beste Voraussetzung, um zu leiden, humpelte er wieder die Stufen zu seinem Bett hinauf.

Wenn man sich heutzutage gut und zufrieden fühlt, muss man sich schon mal fragen, was denn da schief gelaufen ist, so sein Gedanke, als er sich wieder unter die Bettdecke verkroch.

Steller zappte sich zu den Erotikkanälen durch. Sein liebstes Spiel, *sein* Spiel: das Warzenhof-Lotto. Er hat für sich sechs Kategorien festgelegt. Große Höfe, kleine und mittlere. Und dann die Farben: blass, dunkel und irgendetwas dazwischen. Bevor die Stripperinnen ihre letzten Hüllen fallen lassen, tippt Steller Größe und Farbe. Als Kriterien dienen ihm Haarfarbe, Abstammung, Typ. Stellers Erfolgsschnitt liegt bei über 60 Prozent. Einsamkeit kann man immer noch am besten allein genießen, dachte Steller, und legte los. Eine Erektion hatte sich eingestellt.

Es ist wichtig, nirgends dazuzugehören.

Das alles ist schwierig. Das mit dem Kopf. Und das mit dem Erinnern, wird er danach notieren.

Steller knubbelte sich ein kleines Fest zwischen den Beinen. Einsamkeit kann man immer noch am besten allein genießen. Das Bett schrieb indes an seiner eigenen Geschichte. Draußen kümmerte sich ein Schatten um die Neuigkeiten, die vom Mond kamen. Der Regen hatte voll eingesetzt, prasselte seine Nachrichten an die Fensterscheibe. Liebe mit einem Feh. Von wegen: Einsamkeit allein genießen. Ab 40 wird jeder Geschlechtsakt ohnehin zu einer lächerlichen Verrenkung.

Wiewohl. Wenn Steller da an die junge Autorin dachte. Es war vor zwei Jahren. Sie war 31. Er hatte sie zu einer Lesung eingeladen. Alissa. Alissa Wegener. Nachdem die Zuhörer gegangen waren, kam sie noch mit auf einen Absacker in den dritten Stock. Sie zog sich aus, als wär's das Selbstverständlichste der Welt. Sie legte sich wortlos neben Steller aufs Futon. Was dann entstand, war schön, gesund und üblich: eine Liebesnacht. Wir erfuhren in der Umarmung jenseits aller Worte unsere Ganzheit, wie Steller dann am nächsten Morgen in sein Notenheft schrieb.

Steller schaltete den Portable aus, tupfte die letzten Spermatropfen mit dem Feh vom inzwischen erschlafften Glied. Und überließ sich samt seinen Erinnerungen der Nacht.

2

Es war noch finster, als sich Steller, der nicht mehr schlafen konnte und sich über eine Stunde lang im Bett von einer Seite zur anderen gewälzt hatte, an den PC setzte.

Erst hieß er Carlo Straub. Dann wollte er ihn Harald Reimann nennen. Steller suchte einen Namen für den Steller in seinem Roman. Peter Sacht? Nein, zu geschraubt, zu sprechend. Engelbert surfte im Internet, durchstöberte Vornamenregister. Pascal ...! Pascal gefiel ihm. Der Nachname sollte mit S beginnen. Wegen der Initialen: PS. Simms? Stadler? Schließlich stand Seibold auf einem der Spickzettel, die da massenhaft rund um das Mousepad verstreut lagen. Und Steller nahm den Zettel andächtig auf, las, buchstabierte: Seibold. Ja. Pascal Seibold. Das war nun der Engelbert Steller in Engelbert Stellers Roman. Pascal Seibold.

Steller schrieb einige Einträge von seinen Notizheften ins Reine. Am Rand merkte er Stichwörter an, wo er diese Gedanken, Sätze und kleinen Szenen im Roman unterbringen wollte. Vieles hatte aphoristischen Charakter, stellte er etwas irritiert fest. Auch Abschriften von Gelesenem waren darunter.

Früher hatte er, Steller war damals Anfang 20, er studierte in Linz ein halbes Semester lang Gestaltungslehre, ganze Erzählungen abgeschrieben. Zum Beispiel die von Richard Brautigan. So bekam er, war Steller überzeugt, am besten den Atem, den Geist eines Textes vermittelt. Die Seele. Steller lehnte sich zurück, dachte da an eine Episode. Wieder einmal verließ ihn eine Freundin. Evelyn ...(?) ja, sie hieß Evelyn. Sie wollte nach einem heftigen Streit eben zur Tür stürzen. Warte! Engelbert musste noch schnell auf die Toilette. Als er zurückkam, sah er die Freundin an seinem Schreibtisch stehen, sie las in seiner Abschrift eines Brautigan-Textes. Sie: Du bist zwar ein Riesenarschloch, lieber Engelbert, aber eines muss man dir lassen: Schreiben kannst du! Rums, schmetterte sie die Tür ins Schloss. Und weg war sie. Steller lächelte. Die Evelyn ..., murmelte er in seinen Dreitagebart.

Das erste Morgenlicht mischte sich mit dem Schein der Schreibtischlampe. Er speicherte das Geschriebene, klemmte das Notizheft unter den Arm, tastete sich ins Erdgeschoß und trat auf die Straße. Es hatte über Nacht aufgeklart, und ein milder Spätsommertag kündigte sich an.

Er schlug den Weg zum nahen Kurpark ein. Steller fühlte sich verloren. Der Kurpark zum Glück noch menschenleer. Nein, Bad Schlichting, dieses Fünftausendseelenstädtchen und heimliche Hauptstadt der österreichischen Masseneinsamkeit mit der wohl höchsten Lederhosenträgerdichte im Land fühlte sich nicht wie ein Zuhause an. Auch, wenn Bad Schlichting sich als Mittelpunkt des Landes ausgab. Schüler aus Bad Schlichting hatten mit einer Laubsägearbeit die zentrale Lage ihres Heimatortes innerhalb Österreichs nachgewiesen. Sie hatten eine Österreichkarte auf eine Holzplatte aufgebracht, und an den Grenzen entlang Österreich feinsäuberlich ausgeschnitten. Zuletzt hatten sie dann mit der Zirkelspitze so lange probiert, bis das hölzerne Stück Österreich in Schwebe kam. Und wohin hatte sich die Spitze gebohrt? Bad Schlichting.

Enten kreuzten Stellers Weg im Kurpark. Unwillkürlich dachte er an Kurt Marti, den Schweizer Pfarrer und Literaten. Unwillkürlich dachte er an Engel. Dies daher, weil Marti beim Anblick von Enten unwillkürlich dem Zwang unterlag, sich Engel vorzustellen.

Der Frühbus zum Hinterer See fuhr in die Station ein. Kurzentschlossen wollte er mit und winkte Hubert, dem Fahrer. Keine Eile, beruhigte dieser einen Steller, der etwas außer Atem geraten war, erst in fünf Minuten, dann geht's los.

Engelbert nahm in der vorletzten Reihe am Fenster Platz. So hatte er die große Tafel mit der Gästeinformation in Augenhöhe vor sich. Schlichting seit 1668 Kurort, las er da. 659 Meter Seehöhe. 1994 zur Stadt erhoben. Bereits 1911 wurde Schlichting zu Bad Schlichting.

Beim Campingplatz, dem hintersten Winkel des Hinterer Sees, stieg Steller aus.

Das erste Morgenlicht stimmte Steller und den See mild. Die Wasseroberfläche spiegelglatt. Er blickte sich um. Nirgendwo leben. So ein Gefühl, als gehörte einem die ganze Welt. Steller badete in Bildern. Hier war er mit Alissa nach ihrer gemeinsamen Nacht gewesen. In der Gastwirtschaft hatten sie gefrühstückt, bevor sie mit ihrem rostroten Käfer von der Bildfläche verschwand. Alissa. Wie manche Menschen in wenigen Stunden länger dableiben können als andere in vielen Jahren ...

Steller wollte das Seibold sagen lassen, ihm diese Affäre, diese Liebesnacht zuteil werden lassen. Er formulierte rasch eine diesbezügliche Notiz in seinem Heft. Engelbert nahm sich, den Tag und die Welt plötzlich sehr ernst. Bedächtig bückte er sich. Suchte nach einem Stein, einem möglichst runden, möglichst flachen. Er stand jetzt nahe am Wasser. Er machte sich klein, ging in die Knie, holte aus und warf den Stein im spitzen Winkel auf das Wasser hinaus. Vier-, fünfmal tippte der Stein auf der Wasseroberfläche auf, ehe er, gänzlich erlahmt, abtauchte. Großvater hatte ihm das beigebracht. Großvater, der Schneider. Großvater, der Schweiger, der Sonderling. Großvater, von dem er, Jahre später, das Turmhaus in Bad Schlichting überschrieben bekommen hatte. Großvater, der Eigenbrötler.

Engelbert suchte weitere Steine. Du musst den Stein beim Abwurf in Rotation um seine lotrechte Achse versetzen, hörte er Großvater sagen. Schau. Du nimmst den Stein zwischen Daumen und Zeigefinger und im Augenblick des Abwurfs übst du auf den Rand des Steins mit dem Zeigefinger Druck aus. So gibst du dem Stein seine Eigendrehbewegung mit.

Engelbert ließ einen zweiten Stein hüpfen, zelebrierte Großvaters einstige Anweisungen. Sechs, sieben. Sieben. Steller hatte einmal einen Fernsehbericht gesehen. Der Weltrekord eines Amerikaners aus dem Jahr 2007 stand bei 51 Sprüngen. In diesem Bericht wurden auch Studien der springenden Steine, das Platteln, wie Großvater dazu gesagt hat, in Super-Zeitlupe gezeigt. Wie der Stein erst gleitet, durch die Drehbewegung stabilisiert wird und wie er einen kleinen Wasserwall als eine Art Bugwelle vor sich aufbaut und herschiebt. Wie er diese Bugwelle, bei genügend Geschwindigkeit, einholt und sich an dieser wie an eine Art Sprungschanze wieder von der Wasseroberfläche abhebt. Wie der Stein letztlich an Dynamik und Geschwindigkeit verliert, die Bugwelle nicht mehr einholen kann und sodann ins Wasser abtaucht.

Steller stand still, schwieg, dachte an die Worte vom Großvater. Sammelte bedächtig weitere Steine. Sehr runde, sehr flache. Viel mehr als diese Erklärungen über das Platteln hatte Engelbert von Großvater nicht mehr im Ohr.

Lautes Hupen schreckte Steller aus seinen Gedanken, die ohne Worte auskamen. Wozu viele Worte für etwas machen, das ohne viele Worte abgelaufen war. Das Hupen kam vom Bus. Hubert, den sie hier alle nur Hubsi nennen, fuchtelte mit den Händen, ob er mitwolle, zurück nach Bad Schlichting.

Steller ließ die Steine Steine sein, Alissa Alissa und Großvater Großvater. Er humpelte eilends zum Bus. Morgenluft geschnuppert (?), versuchte Hubsi Konversation zu machen. So etwas Ähnliches, fiel Steller keine bessere Antwort ein: So etwas Ähnliches.

Nur manchmal ist das, was wir wollen, auch das, was wir wirklich brauchen. Das ist dann schon großes Glück. Etwa so, wenn man immer nur über das jeweils nötigste Bescheid weiß. Alles Einzelne hat dann mit dem großen Ganzen zu tun.

Steller umrandete das Geschriebene. Malte ein dickes Ausrufungszeichen daneben. Der Bus fuhr los. Auf der Höhe des Gasthauses Moosinger lag am Straßenrand eine tote Katze. Sie sah übel zugerichtet aus. Steller schrieb:

Wenn ich mich 20 Jahre vorausdenke, hab ich ein Grau vor Augen, wie es sonst nur bei Mäusen vorkommt. Ich glaube nicht an Vögel oder ans Fliegen. Ich möchte Märtyrer werden.

Beim Aussteigen fragte Hubsi, der Steller offensichtlich im Rückspiegel beobachtet hatte: Na, schreibst an deinen Memoiren? Und wieder fiel Steller keine bessere Antwort ein: So etwas Ähnliches.

Ja, so etwas Ähnliches, Hubert. Da mussten sie beide grinsen. Spinner, entfuhr es dem Hubert-Hubsi, aber da war die Falttür nach einem dienstfertigen Seufzen schon wieder geschlossen.

3

Allein spazierengehen. Allein Musik hören. Allein allein sein. Mit diesem Gedanken fand sich Steller wieder an seinem PC-Platz im ersten Schuhschachtelstock. Es roch nach alten Tapeten und feuchtem Verputz. Wie immer. Nur, dass es ihm nach seinem kleinen Ausflug jetzt besonders auffiel.

Steller glaubte nicht, dass er wusste, was er tat, bevor er es getan hatte.

Steller fühlte sich als Laiendarsteller unter Profischauspielern.

Sein ganzer Körper sagte: Ich bin nicht da.

Kaum, dass er saß und den Computer hochgefahren hatte, trat Steller seine nächste Reise an. Auf der gegenüberliegenden Wand fing sein Blick eine Fliege ein, die da über die Tapete ging. Zu Fuß, sie geht zu Fuß, diese Fliege geht zu Fuß. Kaum gleicht uns Menschen etwas weniger als ein Insekt.

Steller suchte nach einem Anfang. Nach dem ersten Satz. Die Jahre, die folgten, wiesen keinerlei Zusammenhang auf. Nach kurzem Überlegen löschte er den Satz wieder. Was hieß Zusammenhang? Welche folgenden Jahre? Was war davor? Steller nahm sich vor, so zu schreiben, wie er sich vorstellte, dass jemand erzählte, der noch keine einzige Zeile in seinem Leben geschrieben hatte. Es gehe ja nie um das, was man weiß, oder versteht, sondern es kommt doch immer nur darauf an, was man nicht weiß und nicht versteht.

Alles Fertiggedachte hat etwas Desillusionierendes. Pascal ging ans Ufer, um zu sehen, was die Nähe zum Wasser aus ihm machen würde. Pascal Seibold war sich sicher, dass der Tag zu Ende sein würde, bevor es zu einer Geschichte gekommen wäre. Ich kann ihn, den Tag, in meinem Inneren verschwimmen lassen, sinnierte Seibold. Ins Tiefe, ins Trübe abtauchen lassen. Er dachte es in Sätzen, von denen Pascal nicht wusste, ob die Wörter denn stimmten. Engelbert ließ das fürs Erste so stehen. Speicherte den Anfang. Den Anfang von Pascals Geschichte. Von seiner Pascal-Geschichte. Die Fliege war auch nicht viel weiter gekommen. Sie schwirrte desorientiert an der Fensterscheibe auf und ab, hin und her. Desorientiertheit als Grundvoraussetzung fürs Schreiben, für Literatur überhaupt? Der Gedanke gefiel Engelbert. Und er beschloss, Christa Krön anzurufen. Sie um ein Treffen zu bitten. Er hatte schon lange kein vertrautes Wort mehr gewechselt. Beim Moosinger ist heute Palatschinkentag, hast Lust? Christa Krön hatte Lust. Holst mich ab? Sagen wir, so um sieben? Sieben passt, sieben ist perfekt.

Das Lokal beinahe leer. Nur am Stammtisch saßen zwei Einheimische, in einen lautstarken Disput verstrickt. Wortlos nahmen Christa Krön und Engelbert Steller an einem der Fenstertische Platz. Die Einheimischen mäßigten kurz ihre Lautstärke, um dann wieder volltönig weiterzudiskutieren. Nachdem Engelbert lang genug über Christa Krön hinweggesehen hatte, und sie an ihm vorbei, drehten sie einander die Köpfe zu, um sich anzublicken. Fast gleichzeitig drapierten beide ein Bein über das andere. Ihr Ritual. So hatten sie sich aus Verlegenheit bei ihrem ersten Treffen außerhalb des Seminars benommen. Und hatten diese ihre Verlegenheit bald als kleines Spiel für die nächsten Treffen kultiviert. Am Ende lachten sie einander zu und fassten sich mit einem „Hallo du, schön dass du da bist" an den Händen.

Jetzt tauchte eine Lederhose vor ihren Augen auf, aus der zwei krumme, behaarte Beine ragten. Der Wirt fragte nach ihren Wünschen.

Palatschinken, wir hätten gern Palatschinken.

Palatschinken sind aus, kam es dezidiert vom Moosingerwirt.

Aber heute, ich hab's doch in der Urlauberpostille gelesen, heute ist doch Palatschinkentag.

Ja. Aber Palatschinken sind aus.

Christa Krön lenkte ein: Na, was haben Sie denn sonst noch?

Nichts. Weil heute ist Palatschinkentag.

Zu trinken vielleicht?!

Christa Krön und Engelbert Steller warfen sich einen kurzen Blick zu: Danke, wir versuchen's dann noch woanders.

Sie fuhren zu dem Wirten, da, wo Steller seinerzeit mit Alissa frühstückte.

4

Also den Moosingerwirt, den kannst vergessen, waren sie sich einig. Und ihre erste Verstimmtheit war einer Amüsiertheit gewichen.

Die Krön erzählte, dass sie jetzt an einer Sonderschule eine fixe Anstellung gefunden hätte und da jetzt verhaltenskreative Kinder betreue.

Verhaltenskreativ, wunderte sich Steller über Kröns Ausdrucksweise –

Ja, so heißt das jetzt, wenn Kinder oder Jugendliche sich sozial auffällig verhalten. Aber sag, was macht dein Roman? Das interessiert mich jetzt viel mehr ... Kommst du voran? Kann man eigentlich schon mal was lesen?

Naja, zumindest den ersten Satz hab ich schon mal. Und der soll ja angeblich der wichtigste sein.

Ja sag, lass dir nicht alles aus der Nase ziehen ...

Und einen Namen hab ich auch schon für den Steller im Buch. Wie findest du Pascal Seibold?

Gewöhnungsbedürftig. Und ich frag dich jetzt nicht, wie du darauf gekommen bist. Und der erste Satz?

Steller verspürte die zarte Versuchung, auf Zeit zu

setzen. Er atmete sorgfältig aus, um jeden Anschein eines allzu bedeutungsvollen Seufzens zu vermeiden: *Alles Fertiggedachte hat etwas Desillusionierendes.*

Christa Krön sah ihren Händen zu, wie die linke Falten in das Tischtuch zupfte, und die andere die Falten wieder glatt strich. Wie war das? *Alles Fertiggedachte hat etwas Desillusionierendes* ... zerdehnte sie den Satz über alle Gebühr. Interessant. Das hat was.

Und so, als könnte sie ihr Gesagtes selbst nicht glauben, wiederholte sie: Das hat was.

Zwei Augen sahen jetzt Steller an, die keine Botschaft hatten. Keine Botschaft jedenfalls, die er verstanden, oder die gar ihm gegolten hätte. So ein Tunnelblick traf ihn. So ein Blick zwischen Hingabe und Resignation. Nein, der konnte nicht ihn meinen.

Ich tu mir noch schwer, wie ich aus all den Skizzen und Notizen, wie ich aus all den Erinnerungen, Begebenheiten einen durchgestalteten Text zustandebringen soll. Eine Story! O Gott ...

Man beginnt in einem Wirbelwind des Erinnerns, Beschreibens und Heraufbeschwörens. Und bald schon kommt man ins Stocken und schreibt bestenfalls nur noch von sich selber ab.

Mit einem Wort: Da hast du ja noch einiges vor dir ...

Ich versuch's jetzt mit Kapiteln, das heißt: mit Kapitelüberschriften. Etwa so:

Seibolds Kindheit in Linz. Kleinpascal träumt davon, zur See zu fahren. Oder Leuchtturm-Wächter zu werden. Dann aber, als er fünf Jahre alt ist, nimmt ihm eine Fremde den Schnuller weg. Und mit zehn verbrennt seine Mutter alle seine Stofftiere mit den Worten: Du musst endlich erwachsen werden.

Oder:

Seibold heiratet und beklagt eine Fehlgeburt. Bald darauf folgt die Scheidung. Auch Seibolds nächste Lebensgefährtin ist bald darauf schwanger. Doch auch dieses Mal erfüllt sich Seibolds Kinderwunsch nicht: Die Schwangerschaft stellte sich als eine Eileiter-Schwangerschaft heraus.

Na bitte, da hättest du ja schon was ... gibt Christa Krön sich beeindruckt. Klingt zwar ein wenig nach dir, wenn ich mich nicht irre ...

Man kann nie ganz absehen von einem selbst, wenn man schreibt, war Steller schnell mit einer Entgegnung parat. Ich habe große Teile meines Ichs ausgelagert. Wenn ich mich jetzt mit dem Seibold beschäftige, muss ich nicht mehr in mich gehen, kann schon mal außer mir sein. Ich muss nicht mehr länger im Dunklen tappen, kann dann in meinem ganzen Haus herumgehen, überall Licht machen, wo ich es brauche. So ist das viel bequemer.

Und du wolltest wirklich zur See? Matrose werden?

Weißt eh ... Bubenträume halt. So wie andere Astronaut oder Afrikaforscher werden wollen. Aber das mit dem Leuchtturm, du wirst es nicht glauben, das spukt mir immer noch im Kopf herum ... Eine Sanftheit, die von einer Ergebenheit herrührte, machte sich in Stellers Gesicht breit.

Übrigens: Die Idee mit den Kapitelüberschriften hab ich bei Susan Sontag gefunden. Der Roman *Der Wohltäter* hat mich zwar nicht so begeistert, aber allein die Kapitelüberschriften sind es wert, das Buch noch ein zweites Mal in die Hand zu nehmen.

Wie ich immer sage: Besser gut abgekupfert, als selber schlecht erfunden, hebt die Krön nun ihr Glas Rotwein: Prost, auf die Literatur!

Manchmal, weißt du, hab ich das Gefühl, ich lauer mir im Schreiben selber auf, nur um mir im richtigen Leben so wenig wie möglich zu begegnen. Ich will einerseits nichts Bedeutendes inszenieren. Und andererseits nichts Banalem ausweichen.

Na, ich bin gespannt, mein Lieber ...! Du musst mir unbedingt mailen, wenn du was fertig hast, ein paar Seiten, das erste Kapitel vielleicht ... Versprochen?!

Versprochen ...!

Gib nicht auf, bevor du begonnen hast. Warte, bis du erst mal ins Schreiben gekommen bist. Wirst sehen, dann kommt alles von allein.

Die Krön hatte inzwischen allein getrunken. Jetzt erhob auch Steller sein Glas Orangensaft, und die Krön ihr halbvolles Achtel Rotwein ein zweites Mal. Sie stießen an. Auf meine Mentorin! Auf dich, Christa Krön!

Weißt du, dass ich froh bin, dass wir kein Liebespaar sind, Herr Schriftsteller. So haben wir die besten Chancen, uns nie hassen zu müssen. Apropos: Was macht die Liebe?

Ja. Und bei dir?

Was heißt *Ja. Und bei dir?* Du weichst mir aus.

Was machst du nächstes Wochenende? Wollen wir mal wieder wandern gehen?

Mal sehen. Lass uns telefonieren. Es ist spät. Ich muss morgen zeitig aus den Federn. Die Schule. Erste Stunde. Lass uns fahren.

Nebel war aufgezogen. Und es war empfindlich kalt geworden. Schnell zum Auto, brrrr, machte Christa gleich eine auf Halberfrorene.

Steller zog den Gurt, verharrte kurz, bevor er ihn in die Halterung einrasten ließ, und schenkte sich ein kurzes Lächeln.

Christa Krön startete ihren Golf: Woran denkst du?

Ach, ich denke nichts, damit es nicht das falsche ist.

Jetzt sag schon, drängte Christa.

Ich denke, – und ich bin mir nicht einmal sicher, ob es denn ein Denken ist, – Schreiben ist im Grunde genial. Man kann sich ständig verändern. Und bleibt selbst doch immer derselbe.

Na, dann bleib mal schön du selber, mein Bester. Endstation.

Danke ... Und schlaf mal schön, öffnete Engelbert den Wagenschlag. Christa formte einen angedeuteten Luftkuss mit ihren etwas zu grell geschminkten Lippen, die jetzt im Halbdunkel des Fonds unnatürlich leuchteten.

Mach's gut. Und vergiss nicht: Nicht denken. Einfach drauflosschreiben. Ihre Stimme war geprägt von einem zarten, körperlosen Ton, der beim Einatmen leise zitterte und gleichzeitig aus einer Dichte drang, die aus einem vollen Vertrauen zu sich und der Welt herrührte.

Steller stand vor dem Eingang seines Bücherturms. Er hatte vergessen, das *Geschlossen*-Schild anzubringen. Auch egal. Er knipste das Licht an. Und stieg bedächtig die Treppe hoch. Der Tag würde zu Ende sein, noch bevor es zu einer Geschichte, irgendeiner Geschichte, gekommen ist, von der man, oder besser: Pascal Seibold hätte erzählen können.

Erzählen ... zählen. Zählen? Was würde denn beim Erzählen gezählt werden? Erzählte Zeit gegen Erzählzeit? Würde er das Gespräch mit Christa festhalten wollen, so brauchte er für die drei Stunden maximal eine halbe Seite, also vielleicht drei Minuten Lesezeit. War es nicht die Kunst, aus einer Dreiminutenbegebenheit einen zehn Seiten langen Text zu schreiben?

Steller zählte die Stufen. Es waren immer noch siebzehn pro Absatz. Auf der halben Treppe zum dritten Stock lag Susan Sontags *Wohltäter* zuoberst einer mit Paperbacks vollgestopften Bananenschachtel. Er schlug es auf. Und las:

„Es war einmal ein Mann, der darauf wartete, dass etwas mit ihm geschehe; es geschah nie. Es war einmal ein Mann, der nicht darauf wartete, dass etwas mit ihm geschehe; schließlich geschah es."

Ich will nicht wissen, was ich will. War das jetzt Seibold? Oder er selbst?

Steller kam ein schrecklicher Gedanke. Was, wenn Seibold auch ein Buch zu schreiben vorhat. Seibold auch schriftstellerische Absichten hat. Sein Seibold! Nicht auszudenken. Steller verbot sich diesen Gedanken. Eine literarische russische Puppe quasi!!! Nein. Morgen gleich als erstes nahm er sich vor, ein Datenblatt, einen Steckbrief anzulegen. Mit den gröbsten Umrissen zu diesem Pascal Seibold. Charakter, Aussehen, Kindheit, Beruf, Familie, eben alles, was so zu einer echten und stimmigen Romanfigur gehört. Nein, aber schreiben, schreiben dürfe dieser sein Pascal jedenfalls nicht. Soll er meinetwegen in einem Schrebergartenhaus leben. Und Landart machen. Oder besoffen jede Nacht drei Frauen schwängern.

Engelbert Steller entkleidete sich, setzte sich auf die Bettkante seines Futons. Ließ Bücher Bücher sein. Und überließ sich für den Rest der Nacht dem guten Gefühl, heute nichts mehr fertigdenken zu müssen. Mit dem ersten Tageslicht und nach dem zweiten Feh schlief er ein.

5

Der nächste Tag war ein Samstag. Steller hatte wie immer bei laufendem Fernsehgerät geschlafen. Und wurde jetzt von einer Sondersendung aus dem Schlaf gerissen. Sechs Uhr!

Früher hatte Engelbert Steller oft und gerne Leserbriefe an Zeitungen und Zeitschriften geschickt. Ja früher. Steller musste in seinem bisherigen Leben sicher schon an die tausend Leserbriefe geschrieben haben. Er hatte sie alle in schmucklosen Ordnern gesammelt. Circa die Hälfte, also geschätzte fünfhundert, waren dann auch abgedruckt worden. Die Zeitungsausrisse hatte Steller penibel dazugeheftet. Mit dieser Bilanz dürfte er wohl so etwas wie der Weltmeister unter den Leserbriefschreibern sein ...

Apropos schreiben. Wie hatte doch Christa Krön gestern so aufmunternd zu ihm gesagt: Warte nur, bis du ins Schreiben kommst. Dann kommt alles von allein.

Apropos schreiben. Und apropos Brief. Steller hatte eine Idee. Und er setzte sich sogleich an seinen PC. Er öffnete das Word-Dokument, dem er selbst noch keinen Titel gegeben hatte, und das daher nur die zwei

Anfangswörter des gespeicherten Textes aufwies:

Alles Fertiggedachte.

Steller klickte das Dokument an. Und las:

Alles Fertiggedachte hat etwas Desillusionierendes. Pascal ging ans Ufer, um zu sehen, was die Nähe zum Wasser aus ihm machen würde. Pascal Seibold war sich sicher, dass der Tag zu Ende sein würde, bevor es zu einer Geschichte kommt. Ich kann ihn, den Tag, in meinem Inneren verschwimmen lassen, sinnierte Seibold. Ins Tiefe, ins Trübe abtauchen lassen. Er dachte es in Sätzen, von denen Pascal nicht wusste, ob die Wörter denn stimmten.

Steller sah vom Bildschirm hoch, als wartete er auf ein Echo. Dann legte er in einer Plötzlichkeit los, die ihn selbst überraschte. Er schrieb:

Ich habe mein Leben lang nicht gewusst, was ich suche. Und als ich es gefunden hatte, habe ich natürlich nicht realisiert, dass das Vorgefundene es war, das ich gesucht hatte.

Ich schreibe dir, weil ich dir etwas von mir erzählen will. Dabei weiß ich nicht einmal, ob es dich gibt. Aber ich gehe davon aus. Es war vor 22 Jahren. Deine Mutter, Elvira, und ich waren ein Paar. Sie sei schwanger, teilte sie mir eines Abends zwischen dem Wetter und den Sportnachrichten mit. Sie werde die Stadt verlassen, das Kind allein aufziehen. Ich solle mir keine Gedanken machen. Sie stelle auch keine finanziellen Forderungen.

Und so zog sie es dann auch durch. Damals kam's mir nicht ungelegen. Ich wollte Karriere machen, hatte mindestens schon eine große Zehe in der Tür zum dicken Anlagengeschäft. Da passten Familienwünsche nicht wirklich in meine Lebensplanung.

Gesagt. Getan. Elvira verließ erst mich, dann die Stadt, und ließ nie mehr etwas von sich hören. Später versuchte ich ihre Spur zu finden. Vergeblich. Aber, ehrlich gesagt, ich bemühte mich auch nicht besonders. Heute bedauere ich das. Denn ich weiß, ich spüre, dass es dich gibt. Irgendwo da draußen läuft eine Tochter von mir, meine Tochter, herum. Ja, auch darin bin ich mir sicher, dass Elvira mit einem Mädchen schwanger gewesen sein musste. Wir haben damals fast jeden Tag, sogar mehrmals, also ... Man sagt, das wären die Voraussetzungen für ein Mädchen. Im Gegensatz: Wenn man als Mann lange oder länger enthaltsam war, ist die Wahrscheinlichkeit, einen männlichen Nachkommen zu zeugen, erheblich größer. Ich glaube, ich weiß sogar dein, – wie soll ich sagen, – dein Entstehungsdatum: Es war der 26. Oktober, der Nationalfeiertag. Deine Mutter, Elvira, – aber lassen wir das.

Wie gesagt, ich möchte, dass du etwas von mir, deinem Vater, erfährst. Ich hab zwar im Moment keine Ahnung, wie du diese meine Zeilen je zu Gesicht bekommen sollst, aber ich vertraue dem Zufall. Zufall, hab ich mir gemerkt, sei das Fällige, das einem zufällt. Oder so ähnlich. Ein Spruch von diesem ... Frisch. Max. Frisch.

Zufall, ja. Und außerdem kenne ich da jemanden ...

Hier brach Engelbert Steller fürs Erste ab. Las dann

zur Korrektur. Fügte ein. Strich. Bestimmte Absätze neu. Und außerdem kenne ich da jemanden, ... Der Satz machte ihn ein wenig erschrocken. Wollte er nicht so eine Art Steckbrief, ein Personalblatt über seinen Pascal Seibold anlegen? Und jetzt schrieb Steller einfach munter drauflos. Auch gut.

Ist da jemand? Ein Pärchen steckte seinen Doppelkopf in Stellers PC-Nische. Ah, gaben sie sich erfreut, und bauten sich vor Steller auf. Beide, Mann und Frau, kauten unter lautem Geschmatze Kaugummi.

Haben Sie, legten sie im schönsten Münchner Dialekt los, haben Sie etwas von diesem Seelechner, diesem Sebastian Seelechner hier. Steller reagierte nicht.

Hören Sie nicht, guter Mann, Sie verkaufen hier doch Bücher, oder?! Immer noch übten sich die beiden im Synchronkaugummikauen.

Steller reagierte immer noch nicht.

Den müssen Sie doch kennen, Sebastian Seelechner, der ist doch hier sowas wie der Local Hero, literarisch gesehen.

Ja, wenn S' meinen, ließ sich nun Engelbert Steller doch eine Antwort entlocken. Kennen tu ich ihn wohl, aber drum verkauf ich nix von ihm. Eben, weil ich die Sachen kenn.

Ja, was (?!), ... taten die Bayern erstaunt.

Ich verkauf nur gscheite Literatur, und der Herr Seelechner schreibt keine Literatur, das ist romantischer Touristenkitsch, Fremdenverkehrsblabla, das ist schlicht und einfach Schmarren. Und überhaupt bin ich der Meinung, es sollt ein Literaturministerium geben, das Leuten wie dem Seelechner verbietet, mehr als ein Buch zu schreiben. Eines muss er ja schreiben dürfen, dass man weiß, dass das keine Literatur ist, was er schreibt. Wie der zu diesen Auflagen kommt ....(?)! Und ein Roman nach dem anderen ...(?)! Und jetzt schauen S', dass S' weiterkommen, drängte Steller das Bayernpärchen, das jetzt sogar vergessen hatte, an ihren Kaugummis zu kauen, zur Tür hinaus. Sogleich drehte er das *Willkommen*-Schild um. Für heute war der Buchladen des Engelbert Steller geschlossen.

Als er zu seinem PC zurückkehrte, sah Steller einen finsteren Bildschirm. Verdammt. Er hatte ihn irrtümlich ausgeschaltet. Verdammt, und der ganze Seiboldtext von vorhin im ... Eimer.

Schuld sind die Bayern, fluchte Engelbert dann sein ganzes Rumpelstilzchen-Vokabular durch. Er schaltete den PC ein, ging auf Dokumente, klickte auf *Das Fertiggedachte ...* – und tatsächlich. Verdammt, der Text bestand nur aus dem ersten ursprünglichen Absatz.

Na gut, versuchte sich Steller wieder in den Griff zu bekommen. Dann halt nochmals von vorne. Das haben wir gleich. Wie war das ...?

Ich habe mein Leben lang nicht gewusst, was ich suche. Und als ich es gefunden hatte, habe ich natürlich nicht realisiert, dass das Vorgefundene es war, das ich gesucht hatte.

Steller watete in zerknüllten Sätzen. Den ersten jedenfalls hatte er schon gefunden. Und dann war das mit „Ich schreibe dir, weil ich dir etwas von mir erzählen will. Dabei weiß ich nicht einmal, ob es dich gibt." Den Satz wusste Steller noch auswendig. Dann kam das mit Elvira, der Schwangerschaft. Das hatte Steller auch wieder schnell im Kasten.

Dass er sicher sei, Seibold, dass es ein Mädchen sei, ja ... die Abhandlung über die Bub/Mädchen-Wahrscheinlichkeit, die ersparte sich Steller jetzt.

Wie war das dann noch gleich (?) ... – ich möchte, dass du etwas von mir, deinem Vater erfährst. Ich hab zwar keine Ahnung, wie du diese meine Zeilen je zu Gesicht bekommen sollst, aber ich vertraue dem Zufall. Zufall, ja. Und außerdem kenne ich da jemanden ...

Den letzten Satz hatte Steller auch noch auswendig gewusst. Und außerdem kenne ich da jemanden ...

Dieses Mal speicherte er das Verschriftlichte sofort. So. Es las sich auch beim zweiten Mal schlüssig. Es klang, als hätte es jemand geschrieben, wie sich Steller vorstellte, dass jemand schreibt, der darin nicht sonderlich geübt war. Also keine russische Puppe, war Steller mit sich und Seibold zufrieden.

Nun. Also weiter im Text. Steller war jetzt in Fahrt:

Ich weiß nicht, was du von mir weißt. Was dir Elvira, also deine Mutter, von mir erzählt hat. Ob sie dir überhaupt etwas von mir erzählt hat.

Ich komme klar. Im Moment zumindest. Ich bin jetzt seit sieben Jahren trocken. Und wohne hier in

Simmering in einem Schrebergartenhaus, das mir eine Tante, von der ich gar nichts wusste, vererbt hat. Keine Luxusvilla, aber es hat alles, was man braucht. Meine wichtigste Aufgabe ist jetzt, privat und auch sonst nicht aufzufallen. Man gilt ja bald als Sonderling, oder als verschroben. Wenn man nicht mehr so ganz auf der Höhe ist, dann liegen die Zentren von unsereinem schon bald am Rand, weit draußen im Abseitigen. Ich bekomme Sozialhilfe.

Keine Angst. Ich will nichts von dir. Oder von deiner Mutter. Ich will dir einfach ein wenig aus meinem Leben erzählen. Damit du weißt, woher du kommst. Welch ein einfacher Gedanke. Und wie gut es tut, solch einfache Gedanken gut zu finden, findest du nicht auch ...(?)

Steller ließ die letzten Sätze nachwirken. Er fand sich in einer Stille, die widerhallte von seinen, beziehungsweise Seibolds unausgesprochenen Gedanken. Steller dachte zurück. Nein, er wollte ja seine eigene Biografie nicht eins zu eins plündern. Er wollte sich ja neu erfinden. Wie sehr einem das Leben erst gehört ... Dieses Zitat von Djuna Barnes hatte er sich groß ausgedruckt, es hing an einer Kluppe an einer Wäscheleine, die er über seinen PC-Platz gespannt hatte. Wie sehr einem das Leben erst gehört, wenn man es erfunden hat.

6

Steller kam ins Sinnieren. Vorsorglich speicherte er erst einmal ab, was er bisher geschrieben hatte. Selber waren Steller ja Kinder versagt geblieben. Seine erste Frau, Elke, mit ihr war er sogar verheiratet, auch kirchlich mit allem Pipapo, hatte eine Frühgeburt. Irgendwo liegt jetzt so ein drei Monate alter Wurm in der Erde irgendeines Spitalgartens. Oder der Wurm, Steller wollte gar nicht daran denken, endete in der Kosmetikindustrie. Prompt kam's dann auch zur Scheidung. Mit der zweiten Frau, Kerstin, mit der Steller dann eine mehrjährige Beziehung hatte, lief es kindertechnisch fürs Erste besser. Bis sich herausstellte, dass es sich um eine Eileiterschwangerschaft handelte. Kerstin konnte keine Kinder mehr bekommen. Es kam auch mit Kerstin dann bald danach zur Trennung.

Aber jetzt geht's ja nicht um Steller, sagte sich Steller. Dem Seibold will ich ein paar Frauen mehr gönnen als mir. Zumindest ein paar unkompliziertere Beziehungen mehr als ich sie hatte, Affären dann und wann, wo nicht viel gefragt, und nicht gleich für die Ewigkeit geplant wird.

Steller wendete das Schild am Eingang in sein Bücherreich. Und schob auch den Drehständer mit den Sonderangeboten vor die Tür. So, jetzt konnten sie kommen. Seinetwegen auch Bayern, ganz egal. Hauptsache, es fragte niemand mehr nach Büchern von diesem Seelechner ...

Steller kümmerte sich ein wenig um den Haushalt. Wusch Wäsche. Kochte Spaghetti. Brachte ansatzweise ein wenig Ordnung in den Kleiderberg rund um sein Bett. Die Waschmaschine hüpfte unkontrolliert im Schleudergang. Steller musste sie mit aller Kraft festhalten. Vielleicht könnte sich Manuel das einmal anschauen. Der war ja ganz geschickt in diesen Sachen. Es ist schon verrückt, wie viele kleine Anstrengungen einem das Leben abverlangt, was alles funktionieren muss, um von einem gewöhnlichen Tag sprechen zu können. Steller wollte sich nicht ausmalen, was alles in seinem Haushalt plötzlich nicht mehr funktionieren, den Geist aufgeben könnte. Die Therme, ein verstopfter Abfluss, ein Kurzschluss. Nicht auszudenken.

In den Kurznachrichten brachten sie die neuesten Horrormeldungen von den Finanzmärkten. Krisengipfel würden organisiert, Rettungspakete geschnürt werden müssen. Die ganze Welt sei betroffen. Die sechs Milliarden Menschen seien durch Verkehr, Finanzen, Handel und Internet derart zusammengewachsen, dass es ein Nichtbetroffensein nicht mehr gäbe. Noch mehr Sorgen, – denn Steller hatte keine nennenswerten Rücklagen, machte ihm das Klima.

Wenn sechs Milliarden Menschen ein bisschen mehr heizen, fahren oder fliegen, kann daraus, klimatologisch gerechnet, in allerkürzester Zeit eine unvorstellbare Katastrophe werden. Der Kollaps der Welt.

Wie oft hatte er schon vor Jahren versucht, das in Leserbriefen und in direkten Schreiben an Vertreter und Vertreterinnen der Politik zu thematisieren, aber es kamen immer nur standardisierte Rückmeldungen à la „Wir werden Ihre Überlegungen bei der Erstellung entsprechender Schutzprogramme gerne berücksichtigen." Alles heiße Luft, leeres Gewäsch. Was ist geschehen? Nichts ist geschehen. Wir zahlen lieber horrende Strafzertifikate wegen der überhöhten CO_2-Bilanz anstatt in umweltschonende Technologien zu investieren. Mit Christa Krön konnte er nie über seine Briefmanie reden. Sie hatte immer nur ein mildes Lächeln dafür übrig, tat amüsiert, wenn er ihr die Antwortschreiben der Politikerprominenz zeigte: So hat eben jeder seinen Spleen, ihre Antwort dann.

Steller hatte gute Lust, wieder einmal so eine Leserbriefoffensive zu starten. Aber jetzt galt es erst einmal, die Wäsche zum Trocknen auf die wackelige Wäschespinne zu hängen. Die Maschine hatte hörbar mit einem ultimativen Gerumpel fertiggeschleudert.

Nun wollte sich Steller auf einen gemütlichen Feierabend einrichten. Es war fünf Uhr nachmittags, das Wetter war zwar ein wenig wechselhaft, aber noch herrlich mild. Ein Abend, gemacht, um sich im Schanigarten des Café Traxelmayer bei einem Früchteeisbecher die Feuilletons der deutschen

Wochenzeitschriften zu Gemüte zu führen. Das Traxelmayer war erwartungsgemäß überlaufen. Geduldig wartete Steller bei der Zeitschriftenablage, indem er seine Wunschlektüre vorsortierte, auf einen freien Tisch.

Die Herrschaften haben schon bezahlt, sofort, mein Herr!, bemühte sich die junge Bedienung, auf deren Namensschild Daniela zu lesen war, um Engelbert Steller.

So, bitte, machte das Fräulein Daniela den Tisch mit einem Wettex sauber: Was darf's denn sein?

Einen Früchteeisbecher, bitte. Steller sah ihr nach, behielt ihr Gesicht vor Augen. Daniela, noch kaum zwanzig, scheu, wie frisch aus dem Paradies, gestattete sich Steller seine erste gedankliche Kitschformulierung als Autor. Ein Naturkind, korrigierte er sich insgeheim. Fräulein Daniela servierte den Früchteeisbecher. Steller mochte ihr Lächeln, das noch nicht routinemäßig aufgesetzt war. Ihre ein wenig tiefliegenden Augen verliehen ihr etwas katzenartiges. Die aschblauen Augen und ihr durchsichtiger Teint unterstrichen ihr feingliedriges Wesen. Das blonde Haar mit einem auffallenden Stich ins Rötliche trug sie zu einem Pferdeschwanz hochgesteckt. Auf ihren ungeschminkten Wangen leuchteten ein paar kecke Sommersprossen.

Was machte er da? Steller war aber gar nicht erstaunt, dass er nicht erstaunt gewesen war, eines anderen Blick geschaut, eines anderen Gedanken gedacht zu haben. Bis zu einem gewissen Grad war er ja nun in die Rolle von Seibold geschlüpft. Sozusagen berufsbedingt, als Schreiberling. Steller machte sich Notizen. Über Danielas Aussehen. Ihr durchsichtiges Wesen, ihre Sommersprossen, ihr Haar. Am Nebentisch hörte er ein paar Bemerkungen über den endgültig eingetretenen Herbst. Auch das notierte Engelbert.

Da fiel ihm Christa Krön ein. Er hatte noch nie nach ihren Eltern, ihrem Vater gefragt. Wusste nichts über ihre Eltern, ihre Herkunft. Und er hatte auch noch nie nach ihrem Alter gefragt. Sie war so alterslos, so schwer zu schätzen. 35? 35 könnte gut und gern hinkommen.

Steller schlug das ZEITmagazin auf. Ein junger Autor, der vor zwei Jahren einen überraschenden Bestseller gelandet hatte, wurde da portraitiert. Und lieferte, um den Beitrag abzurunden, eine eigens geschriebene Geschichte dazu. Die Geschichte spiegelte die Interviewsituation, das Interview den Text. So wurde eitel hin- und hergespiegelt, und kokett der Ruhm des jungen Autors in die Auslage gestellt. Ekel rührte sich in Steller. Er hatte in das Buch, das sich mittlerweile bereits zwei Millionen Mal verkauft hatte, hineingelesen. Und war bitter enttäuscht worden. Ohne große literarische Ambition wurden da zwei Biografien von Wissenschaftern zusammengeführt. Besonders die kunstlose, flache Sprache hielt Steller bald vom Weiterlesen ab. Überhaupt: Steller ist – literarisch gesehen, – alles verdächtig, was auf Bestsellerlisten zu finden ist.

Gut, dass er, Steller, – technisch gesehen, – bei seiner Seiboldgeschichte von diesem Hin- und Her- und Herumspiegeln die Finger gelassen hatte. Das affige, das Sichzumaffenmachen wollte er den erfolgreichen Schreiberlingen überlassen.

Der Tag war fast zu Ende. Steller beschloss, ihn jetzt schon zu beschließen. Er zahlte bei der Abendbedienung, welche das Fräulein Daniela inzwischen abgelöst hatte. Und die natürlich bei Weitem nicht so bezaubernd aussah wie das Fräulein Daniela. Daniela. Sie gehörte jetzt ihm. Daniela gehörte jetzt irgendwie zu seiner Seibold-Geschichte, befand Steller in neugewonnener schriftstellerischer Entschlossenheit.

Am Nachhauseweg, es sind nicht einmal 150, 200 Meter, begann Steller, – ganz leise und für sich, – eine Melodie zu summen. Eine Melodie, die er Minuten später im Werbeblock vor der *Zeit im Bild* wiederhören und wiedererkennen werden würde.

Steller freute sich schon aufs Einschlafen. Auf jene Phase, in der man nicht mehr wahrnimmt, ob man noch wach ist oder schon schläft. In der einem die Macht über einen selbst entzogen wird. Und in der man völlig dem Unterbewussten ausgeliefert ist. Ich möchte noch etwas vom Leben haben, ist das letzte, was er am nächsten Morgen noch hätte wissen können. Kurz flackerte der Satz dann tatsächlich noch am nächsten Morgen auf. Um in der nächsten Sekunde für immer verschwunden zu sein.

Sonntag, Stellers Lesetag. Er kramte in Schachteln, sichtete Neues, stöberte in Altem. Steller liebte Sonntage. Für heute hatte er sich Christa Wolfs *Ein Tag im Jahr* vorgenommen. Vierzig Jahre lang, von 1960 bis ins Jahr 2000 hat sie jeweils den 27. September tagebuchartig festgehalten. Und so ein bewegendes Dokument ihres Lebens und Werkes verfasst. Steller erinnerte sich an die *Kindheitsmuster*, eine Lektüre, die ihn wie keine zweite seitdem in Atem gehalten hatte. Und das auf einem literarischen Niveau, das heute selten geworden ist. Steller erinnert sich. Eine Frau, die er auf der Frankfurter Buchmesse, seiner ersten und einzigen übrigens, kennengelernt hatte, bei der er nach einem Abendessen anschließend noch in ihrem Bett gelandet war, hatte ihn am Morgen danach dann in die Stadt zurückgebracht, war bei einer Buchhandlung stehen geblieben, hatte die *Kindheitsmuster* gekauft und sie ihm mit den Worten „Das musst du lesen" geschenkt.

Montags machte sich Steller schon zeitig wieder an seinen Seiboldtext. Er schrieb:

Weißt du, seit 20 Jahren laufe ich nun herum, und sehe in jedem Mädchen dich. Oft sitz ich in Parks oder sonstwo herum und beobachte die jungen Frauen. Und male mir aus, wie du wohl aussehen magst. Blond? Blasser Teint? Vielleicht ein paar kecke Sommersprossen? Groß? Einssiebzig, vielleicht ...

Elvira ja dunkelblond, brünett. Ich selbst hellblond. Das könnte dann ganz gut hinkommen.

Steller unterbrach, er hörte Schritte auf der Treppe. Marion. Guten Morgen, strahlte sie, denn sie schien es tatsächlich so zu meinen. Soll ich ...

Ja, Kaffee wäre jetzt fein.

Ich hab uns Golatschen mitgebracht ...

Hmmm ... fein!

Dass ich nicht vergesse, kannst du dann schauen, ob du im Internet irgendwo die *Kindheitsmuster* von der Christa Wolf auftreiben kannst. Bitte bestell sie mir, OK?! Du kennst dich da besser aus als ich ...

Erneut Schritte. Leo, der Postbote brachte ein Paket. Marion hatte es offenbar bestellt. Und stürzte sich auch sogleich („Ich mach das schon") auf die gelbe Schachtel, die mit einem braunem Band zigmal verklebt war: Das sind die Farbpatronen, Chef!

Steller bestätigte den Empfang, sagte Leo noch ein Danke und einen schönen Tag. Und setzte sich dann gemütlich zu seinem Kaffee, den ihm Marion auf seinen Schreibplatz serviert hatte.

Setz dich doch einen Moment zu mir, magst?!

Gern. Darf ich Sie was fragen, Herr Steller?! Was ich Sie schon lang fragen wollt, woran schreiben Sie denn da immer so konzentriert, wenn Sie am PC sitzen?!

Ach, nix Besonderes. Eine Geschichte schwebt mir vor. Eine Erzählung womöglich, über ...

Übrigens, kannst du mir mal zeigen, wie man so ein Word-Dokument per E-Mail verschickt?!

Tipp-tipp-tipp, machte sich Marion („Tschuldigung") gleich über Stellers Rücken hinweg über die Tastatur her.

Welches Dokument? *Das Fertiggedachte* wies Stellers Finger auf die betreffende Stelle am Bildschirm.

Schau'n Sie, und jetzt gehen S' auf ANFÜGEN. Und wer soll's kriegen?

Frau Krön.

So. Und hier, ... hier können S' ihr noch was mitteilen dazu. – Super!

Und wenn S' fertig sind, auf SEND klicken.

Ich mach das gleich, ... so, – und dann kannst du gleich wegen der *Kindheitsmuster* schauen. Die sind wie vom Erdboden verschluckt. Einfach verschwunden. Alles hab ich gefunden. *Wie kommt das Salz ins Meer, Schlafes Bruder*. Steller dachte an den Artikel im ZEITmagazin. Und: an Frischs Ausspruch vom Zufall. Die Einbuch-AutorInnen. Wiewohl von den beiden hätte Steller doch mehr erwartet gehabt. Vonwegen: Literaturministerium, jeder dürfe maximal ein Buch schreiben.

So, Sie können schon wieder weiterschreiben, Herr Steller, die Wolf hab ich Ihnen schon bestellt. Übrigens, Chef, am Wochenende hab ich bei eBay was Lustiges entdeckt. Die verhökern da einen Posten Plastikenten. Über zweitausend Stück. Soll ich's Ihnen mal zeigen?

Marion rief die Seite auf. Steller staunte nicht schlecht. Und spottbillig waren die Dinger obendrein. Steller hatte da eine spontane Idee. Er wusste ohnehin nie, was er in der Auslage, der Schuhschachtel im Erdgeschoß, ausstellen sollte.

Kommen Sie, komm, Marion, setz dich her, räumte Steller seinen Platz vorm PC: Bestellen wir den ganzen Schwung.

Marion machte nicht einmal ein überraschtes Gesicht, sondern eher eines auf wichtig. Sofort, Cheffe, haben wir gleich ...

Steller erinnerte sich gelesen zu haben, dass Anfang der Neunziger ein Frachtschiff auf dem Weg von Hongkong nach Seattle in einen heftigen Sturm geraten war. Zwölf Container waren über Bord gegangen. Einer hatte sich geöffnet und 29.000 Badeenten waren in den Pazifik gelangt. Zehn Monate später landete eine erste Abordnung der Plastikschwimmvögel an der nordamerikanischen Westküste. Über die Beringstraße gings mitten im Packeis bis nach Grönland. Ein Großteil des Schwarms erreichte die Gewässer Neuenglands. Zuletzt erfasste der Golfstrom die Enten, und sie landeten, – das muss erst letztes Jahr im Sommer gewesen sein, – in England beziehungsweise an Irlands Küsten.

Steller war fasziniert. Von sich, der weltumspannenden Reise der Enten. Und noch mehr von seiner Idee, künftig allen Kunden und Interessenten ein Entchen zu schenken. Da müsse natürlich noch ein Kleber unten drauf mit einem guten Spruch. Und seinem Absender natürlich. Natürlich. Denn das war ja Stellers Idee. Um seine Spur zu ziehen, seine eigene, und das möglichst über die ganze Welt.

Wennschondennschon, sagte sich Steller, und rieb sich die Hände. Wenn er sich schon seinen Bubentraum nicht erfüllen konnte, zur See zu fahren, sollten jetzt die Enten an seiner statt die ganze Welt sehen.

Die Bad Schlichtinger würden Augen machen. Die ganze Auslage ein einziger Entenstall. Zugegeben, sie waren ja bereits einiges gewöhnt, die Bad Schlichtinger samt ihren Touristengästen. Einmal hatte Steller aus der Auslage ein Riesenterrarium gemacht. Mit einem Bassin, vollgefüllt mit grüngefärbtem Wasser, knorrigem Baumzeugs und wildwucherndem Pflanzendickicht. Alle hatten sie damals nach den Reptilien Ausschau gehalten, die es da geben müsse, sonst würde der Steller nicht so einen Aufwand treiben („Die sind ja oft ganz und gar getarnt, diese grauslichen Viecher"). Kinder wie Erwachsene drückten sich die Nase platt („Dem Steller muss man alles zutrauen ...!"), Schreckensgerüchte machten die Runde. Und Stellers Auslage war für Wochen das Gesprächsthema Nummer 1 in Bad Schlichting.

Das Haus hatte Engelbert von seinem Großvater überschrieben bekommen. Großvater Eduard war ein alter Griesgram, aber Engelbert mochte er. Als einzigen von der ganzen Sippschaft: Die können mir alle gestohlen bleiben, murmelte er dann. Engelbert verbrachte seine Sommerferien immer bei Großvater Eduard. Der unterhielt eine Schneiderei. Maß und Änderungen. In der Auslage hatte er vier oder fünf Kleiderpuppen stehen, an denen verschiedenste, halbfertige Muster für Maßbekleidung zu sehen waren. Nun also Plastikentchen. Das hätte auch Großvater Eduard ganz sicher gefallen.

Damals, vor zwölf Jahren und nach dem Tod von Großvater, hatte sich die ganze Verwandtschaft von

Steller abgewandt. Alle waren sie neidisch. Aber Vertrag ist Vertrag. Und Steller war's recht. Keine verlogene Weihnachtspost mehr. Keine aufwändigen Pflicht- und Höflichkeitsbesuche mehr. Keine Begräbnisse, goldenen Hochzeiten, Taufen. Dieses ganze Getratsche, wie er das hasste.

7

Es war Anfang Februar. Steller hatte sich die letzten Wochen eingebunkert gehabt, sich hinter sein Schreiben verschanzt. Er hörte keine Nachrichten, sah keine *Zeit im Bild*. Die Krise beherrschte nach wie vor die Welt. Was Steller mitbekam, hatte ihm gereicht. Und ihn zornig gemacht. Da stopfte die Regierung in stolzer Retterpose Milliarden in die Banken. In jene Banken, die noch vor einem halben Jahr mit Rekordmilliardengewinnen geprotzt hatten. Und schon einen Tag später die Kündigung von hunderten MitarbeiterInnen „bedauerten". Steller wollte von dieser Verlogenheit nichts wissen.

Er hatte Marion gebeten, ihren restlichen Urlaub über die Feiertage abzufeiern („Ich ruf dich an ..."), ging tagelang nicht außer Haus und lebte von seinen Vorräten an Fertiggerichten. Steller schrieb. Steller schrieb viel. Steller schrieb Tag und Nacht. Unkontrolliert. Und ohne Plan. Er sammelte Skizzen, legte Dokumentenordner an, die er Seibold, Ich, Krön, Schreiben, Leben und Sonstiges benannte.

Es war ein Montag. Da stand dieser Kleintransporter vor der Tür. Seine Enten. Alles da rein, wies er den

Chauffeur und einen Helfer an. Kippen Sie die Viecher da rein, deutete Stellers Kinn in Richtung Auslage, die leeren Schachteln können Sie gleich wieder mitnehmen, OK?!

Ratlosigkeit lässt Menschen immer besonders dumm aussehen. Erst nach einem nachdrücklichen „Bitte!" ließ der Chauffeur ein „Wie S' meinen, Chef!" vernehmen.

Die Auslage wurde zum Stadtgespräch. Die Alpenzeitung widmete dem Entenberg in Stellers Auslage sogar ein Foto auf der Titelseite. „Mit einer originellen Idee wartete dieser Tage Engelbert Steller in seiner Buchhandlung auf. Hunderte gelbe Plastikentchen bevölkern seit letztem Montag die Auslage. Herr Steller verschenkt die Enten an seine Kunden in der Hoffnung, sie mögen sich über die ganze Welt verbreiten."

Eine Redakteurin hatte angerufen. Kurz und mürrisch hatte Steller ihr Auskunft gegeben. Seinen Zusatz „Enten statt Heuschrecken: Mein Beitrag zur Bekämpfung der Krise" hatte sie geflissentlich weggelassen. Als Mittelpunkt Österreichs würde die Krise Bad Schlichting ja als Letztes, wenn überhaupt, erreichen ...

Steller wollte seine Auslage von außen besehen. Er verließ das Haus. Heftiger Wind ließ es waagrecht schneien. Steller war mit dem, was er sah, zufrieden. Jetzt, da er schon mal draußen war, beschloss er, eine Parkrunde zu gehen. Vielleicht traf er ja auf einen der Martiengel.

Die Uhr am Kurhaus zeigte kurz vor zehn. Und Steller hatte schon drei Mal gelogen.

Hubert, der Buschauffeur, die Kassiererin beim Billa und Rudolf, der Gendarm, hatten Steller nach seinem Befinden gefragt. Gut, mir geht es gut, danke, hatte Steller jedes Mal mechanisch geantwortet. Mein Wissen muss nichts mit meinem Leben zu tun haben. Mein Leben nichts mit dem, was man Nutzen nennt. Nutzen nichts mit Bedingungen. Wie kann man bedingungslos mit sich selbst umgehen? Kann man bedingungslos bei sich selbst sein. Ich möchte bedingungslos ich sein. Steller fühlte sich von namenlosen Umständen bedrängt. Danke, gut, danke, es geht: das war jetzt Manuel, der Steller mit seinem „Wie geht's, Steller ... Nette Idee mit den Enten ..." begrüßte. Manuel kaufte wieder einmal ein Buch, um es nicht zu lesen. Er hatte seine Hand adlergleich über einem Stoß Taschenbücher kreisen lassen, um dann wahllos mit spitzen Fingern auf einen Richard Yates hinabzustoßen.

Gut (?), strahlte Manuel Engelbert Steller an. Gut, sehr gut sogar, murmelte dieser in seinen Siebentagebart.

Tja, ich muss dann, adios Amigo!

Jaja, adios!

Stellers Bedarf an Menschen war mal wieder für Wochen gedeckt. Und er klemmte sich hinter seine Seiboldgeschichte. Immer noch wusste Steller nicht so genau, mit wem er es da bei diesem Seibold zu tun hatte. Wenn man wissen will, wer man ist, genügt heute ja schon der Blick in die *Krone*. Steller nahm sich das Sonntagsfarbmagazin besagten Blattes zur Hand und schlug die Seite mit dem Psychotest auf. *Wie moralisch sind Sie?* Gleich mit der Frage 1 ging es zur Sache: *Für das Schicksal anderer Menschen interessiere ich mich kaum.* Das war eine glatte 4: Trifft sicher zu.

Steller blätterte zur Auflösung auf Seite 72 vor.

Solche Persönlichkeitstests sind schon von der Fragestellung her leicht durchschaubar.

Typ A „Der Undurchsichtige“, Typ B „Der Ichbezogene“ und Typ C „Der Moralische“.

Steller tippte auf B. Und in der Tat: Als er den Test zu Ende ausgefüllt und die Punkte addiert hatte, war er endgültig als Ichbezogener enttarnt, der wahrscheinlich schon früh auf sich allein gestellt gewesen war und auch nie gelernt hatte, dass andere Menschen eine Bereicherung sein können.

Aus den Fragen und den Typbeschreibungen hatte Steller seinem Seibold erst vor Kurzem versuchsweise ein Psychogramm verpasst. Steller suchte sich das entsprechende Dokument und las:

Ich habe mir abgewöhnt, mich um die Angelegenheiten von anderen zu kümmern. Was geht es mich an, was die anderen fühlen oder spüren ...(?)! Selten sehe ich so aus, wie mich die anderen anschauen. Schon viele haben versucht, mir ein X für ein U vorzumachen. Bei mir nicht. Ich schütze mich vor jeder Art Verletzung. Ich will in Balance bleiben. Da sind Emotionen nicht erlaubt. Romantik ist für mich ein Fremdwort. Mir ist auch noch keine Trennung nahegegangen. Partnerschaften gehe ich nur ein, wenn ich einen Vorteil darin sehe. Jeder muss selbst schauen, dass er nicht untergeht. Und meine Gefühle gehen nur mich etwas an.

Steller las noch einmal von vorne, brach aber rasch ab. Ich werde das sicher noch hundertmal umschreiben, – falls ich es überhaupt je verwenden werde, – dachte er bei sich. Er dachte es langsam, zerdehnte Wort für Wort, sparte auch nicht mit Pausen.

Heute überhaupt so ein Zeitlupentag, befand Steller nach einer Pause, nach der nichts mehr folgte, was verschriftlichungswert gewesen wäre. Z-e-i-t-l-u-p-e, machte sich das Wort in seinem Kopf breit. Zeitlupe also nicht von der Bewegung her. Hierfür gibt es ja diese romantischen Filmszenen, in denen dann Menschen derart laufen, dass man meinen könnte, sie schwebten. Nein, das Denken ist es, das verlangsamt ist an diesen Tagen. Ja, eine Zeitlupe der Gedanken. Die Satzanfänge schleppend, oftmals wiederholt, mehrmals. Mehrmals wiederholte Satzanfänge. Heute ... Heute ist so ein ... Heute ist so ein Zeitlupentag.

Und meine Gefühle gehen nur mich etwas an, kam er schließlich an das Ende des Absatzes. Und bedächtig fügte Steller hinzu: Ich suche mich. Ich habe mich immer gesucht. Ich habe mich immer an den falschen Stellen gesucht.

Für einen Moment fühlte sich Steller völlig kraftlos. Und sogleich überkam ihn die Ahnung, dieser Moment würde nie aufhören. Würde endlos andauern. Momente, in denen man denkt, man bekommt nie wieder etwas auf die Reihe. Ja, man kann sich plötzlich nicht mehr vorstellen, wie es ist, wenn man Kraft hat. Ja, es fehlte Steller sogar die Vorstellung, dass er je welche besessen hatte.

Steller gönnte sich eine Auszeit von seiner Parallelvita. Es war dunkel geworden. Im Fenster ein Schwarz. Ein Schwarz von der warmen, beschützenden Sorte. Als bestünde man selbst durch und durch aus diesem Schwarz. Schöner Konjunktiv, dachte Steller. Stünde (...): Er erinnert an Stunde, an Zeit, an das Vergängliche. An Asche. Vom Schwarz zum Grau der Asche. Man muss auch der Zeit Zeit lassen.

Er drückte gedankenverloren auf den Ordner Sonstiges, öffnete ein neues Word-Dokument und schrieb, ohne an Seibold oder an irgendeine andere Geschichte zu denken, so wie es spontan aus ihm floss:

Mit der Zeit verliert man immer mehr Zeit. Mit immer mehr Zeit immer mehr Gehirn. Mit immer mehr Gehirn immer mehr Vergangenheit. Mit immer mehr Vergangenheit immer mehr von einem selbst. Mit immer mehr von einem selbst verliert man immer mehr Verlorenes aus den Augen.

Aus den Augen. Und aus dem Sinn. Aus den Augen, aus dem Sinn.

Aufgelaufen
Auf Grund gelaufen
Ich brauche keine klaren Gedanken
Ich trenne mit scharfer Zunge die Sätze
Eine lang anhaltende Ruhe

Wird gern mit einer Pause verwechselt –
Gilt als Ausfall
Als ein Ausbleiben
Dabei ist es bloß eine Stille, die ihren Job macht
Sich in den Wind stellen
Sich ins Fäustchen lachen
Nach Ruhe brüllen
Ich kann's nicht meeeeehr höööören
Sich die Ohren zuhalten
Ich kann's schon nicht mehr hören
Nicht darüber zu sprechen, macht noch lange keine
Religion

Sprachlosigkeit, die vom Staunen kommt, ist die beste Voraussetzung, um zum Schreiben zu kommen.
Schnee fällt waagrecht
Du sorgst dich um den Ofen
Heizt Papier ein
Die Schneeflamme macht
Sich über das Hölz her
Steller hatte Hölz geschrieben, bemerkte es sogleich, besserte auf o aus, und fuhr fort:
Eine Zartheit von der knackigen Art
Einer Schmelzschokolade
Überkommt mich
Ich habe noch nie das Meer gesehen
Ja, im Fernsehen vielleicht
Aber nicht in wirklich in Wirklichkeit
Blindes Geräusch
Stille

Blinder Winkel
Versteck
Blindes Licht
Nacht

Die Wörter kamen jetzt nur noch vereinzelt daher. Engelbert war müde geworden. Engelbert konnte lange nicht einschlafen. Er genehmigte sich noch einen Sherry. Und dann noch einen. Und noch einen dritten. Er kam mit Pascal ins Gespräch. Engelbert überbot sich mit kurvenreichen Sätzen, saftigen Adjektiven und überraschenden Findigkeiten. Dazwischen, nach jedem Schluck, lachte er ein Falsettlachen, das ein wenig unglücklich klang. Junge, wir schaffen das, stolperte sich Steller nach dem vierten Sherry durch die Sätze. Auf dich, du alte Saufnase. Das Stolpern nahm kein Ende. Und nirgendwo dieses Rotweißrot der Korkkette in Sicht, welches den Schwimmer- vom Nichtschwimmerbereich trennt.

Als Steller sich am nächsten Morgen an den Computer setzte und startete, spürte er bald einen leichten Stich, da, wo er das Zwerchfell vermutete.

Wo sind all die Wörter hin? Es ist nicht so einfach, seinen Platz zu finden. Er hatte wieder zu sichern vergessen.

Steller ging einen Stock höher, setzte Kaffee auf, fand noch zwei Blätter Schinken im Kühlschrank, und belegte damit zwei Scheiben Knäckebrot. Auch eine Banane fand sich noch, zwar schon ziemlich braunschwarz, aber als er die Schale entfernte, schien sie ihm noch durchaus essbar. Die dunklen Stellen hatte seine Mutter damals in Engelberts Kleinkindtagen immer weggeschnitten und selbst gegessen. Dieses Hantieren mit dem patzigen Fruchtfleisch gehört wohl zu Stellers frühesten Bildern, an die er sich erinnern konnte. Steller aß die Banane, wie sie war. Die dunklen Stellen schmeckten besonders süß.

Mit der halbvollen Tasse Kaffee kehrte er an den PC zurück, wollte am Seiboldtext weitermachen. Steller war eingefallen, dass Seibolds Tochter, dieses Luftgeschöpf, noch keinen Namen hatte. Seibold müsste sich als nächstes einen Namen ausdenken. Zuvor aber wollte Steller noch Marion anrufen, dass sie wieder kommen solle. Die letzte Woche hatte sie sogar unbezahlten Urlaub genommen. Es war ihr eigener Vorschlag gewesen. Sie hätte ohnehin noch etwas Wichtiges zu erledigen, meinte sie mit einem verlegenen Unterton.

Ja, Montag in einer Woche, Montag, es müsse der Zweite sein, der zweite März, Montag sei sie gestellt. Ja, es ginge ihr gut. Ja, wie immer: Um neun Uhr. Wie? Ach, erst um zehn Uhr. Zehn Uhr genüge. Gut, dann um zehn Uhr. Ja, ihm auch noch: Einen schönen Tag ...

Steller öffnete seinen Seiboldtext, scrollte zum Textende, las: Ich suche mich. Ich habe mich immer gesucht. Ich habe mich immer an den falschen Stellen gesucht. Und schrieb dann, ohne groß zu denken:

Wenn ich schreibe, vergesse ich außerdem manchmal, wer ich bin. Ach ja, da fällt mir ein, wie soll ich dich denn nennen?! Ich muss dir noch einen Namen geben, mein Kind. Meinkind ...(?) Ach was, das ist kein Name, so heißt doch niemand: Meinkind. Felicia, vielleicht, Chantal (?), Sophie (?), Lydia (?)... Lydia!

Steller einigte sich auf Lydia. Das würde auch Seibold gefallen, war sich Steller schnell sicher.

Lydia, ... machte Steller am Seiboldtext weiter, da stelle ich mir eine junge Frau vor, die weiß, was sie will. Und die von einer Aura voller Geheimnisse umhüllt ist. Hast du schon Berufspläne? Bist du sprachbegabt? Sicher bist du sprachbegabt. Elvira unterrichtete Latein und Altgriechisch. Sie konnte ganze Passagen aus der Odyssee auswendig:

Auch den Tantalos sah ich, mit schweren Qualen belastet.

Mitten im Teiche stand er, das Kinn von der Welle bespület,

Lechzte hinab vor Durst, und konnte zum Trinken nicht kommen.

Denn so oft sich der Greis bückte, ...

Nein, nicht bückte, hinbückte (?), egal! Bis hierher, weiter weiß ich's jetzt nimmer, bekam's oft zu hören von ihr. So etwas bleibt hängen, wie die dunklen, matschigen Flecken auf den Bananen. So etwas bleibt hängen, ob man will oder nicht.

Wahrscheinlich hast du auch Latein, Latein und Griechisch. Ich kann mir gut vorstellen, dass du besonders in künstlerisch-kreativen Sachen gut bist. Ich seh dich Klavier spielen. Du bist die beste in Bildnerische Erziehung, stimmt's? Schade, dass ich's vielleicht nie erfahren werde. Schade. Aber ich wollte dir ja von mir erzählen.

Als Bub war ich viel in der Kirche. Und in Kellern. Ich war in der Jungschar. Donnerstags war immer Heimabend. Mit Tischtennis, Wissensspielen und Fußball in einem Keller, nicht größer als 25 mal 10 Meter. Ich hab heute noch den Geruch nach Schweiß und Moder in der Nase, wenn ich daran denke. Da unten in den Katakomben haben wir sogar Turniere mit anderen Pfarrmannschaften ausgetragen. Unser Gruppenführer war der Ralph, er studierte Chemie. So ein kleiner gedrungener Typ, streng, aber fair. Blondes, kurzes Haar auf einem runden, weichen Schädel.

Zuhause war ich auch gern im Keller. Im Vorraum stand ein Holzbottich. Da entsorgten die Hausparteien ihr Altpapier. Meine Mutter verheizte es, brauchte es für den großen Kessel in der Waschküche zum Unterzünden. Gefeuert hat sie mit Holz, das Vater herangeschleppt hatte. Oder die Mieter ihm zutrugen. Obstkisten, Bauholz, alte Möbel.

Der Holzbottich wurde mein Tor zur großen Welt. Frau Olbrich, die alleinstehende Alte mit dem Oberlippenbart, hatte ein Reisejournal abonniert gehabt. Ich wühlte danach Woche für Woche. Bewunderte die Hochglanzbilder von fernen Stränden. Und las mit Begeisterung die Berichte von Kreuzfahrten. Besonders die großen Schiffe hatten es mir angetan. Ich wollte zur See. Ich wollte Matrose werden, und am Ende Kapitän eines solchen Luxuskreuzers. Als einzige Behausung an Land kam für mich nur ein Leuchtturm in Frage. Egal, welche Aufgabe uns die Zeichenlehrerin gab, bei mir kamen immer nur Schiffe heraus. Schiffe und Leuchttürme.

Ich legte einen Bene-Ordner an. Schnippelte Fotos von Schiffen und fernen Reisezielen aus. Und klebte sie auf die Einlageblätter. Manchmal fand ich auch Ansichtskarten im Bottich. Das war wie Weihnachten. Ich sammelte sie in einer schmucklosen Blechschachtel. Später löste ich die Briefmarken ab, versammelte sie in einem Album. Alle Länder kunterbunt durcheinander. Hauptsache die Motive waren exotisch. Seltene Tiere, Städteansichten und Landschaften aus den fernsten Erdteilen.

Ich lebte in meiner eigenen Welt. Damals die Zeit, – ich war so zwölf, dreizehn Jahre vielleicht, – wo das mit den Labellos begann. So wie gleichaltrige Kinder Trixi-Traubenzucker naschten, machte ich mich über Labellos her. Die orangerosafarbigen schmeckten so wunderbar nach Marille. Die paar Schilling, die ich Taschengeld bekam, trug ich immer sofort zu Frau Kautek, die in der Stockwiesen eine Drogerie hatte, und mir jedes Mal eine Extraprobe zusteckte. Für Mama, lächelte sie verschwörerisch. So sollte meine Mutter wohl von meinem Labello-Tick erfahren. Nicht mit mir. Ich verschenkte die Fläschchen und Döschen an die Mädchen aus meiner Klasse. Einmal hat mir ein Autofahrer Nylonstrümpfe aufgedrängt, nachdem er mich beinahe angefahren hatte. Er ist im Schritttempo noch eine Weile neben mir hergefahren. Und hat mich ewig gelöchert, ob mir denn wohl nichts passiert sei. Gabi, meine Sitznachbarin in der Klasse, hat sich dann am nächsten Tag über ihre ersten Nylons gefreut.

8

Wegen Krankheit geschlossen. Schreiben hin. Schreiben her. Das Leben ließ Steller nicht in Ruhe. *Wegen Krankheit geschlossen:* Das Schild hing nun schon seit drei Tagen an der Eingangstür zu Stellers Buchturmdomizil. Die Grippe, die landauf landab kursierte, hatte auch vor Steller nicht Halt gemacht.

Steller litt. Steller leidet bei jeder körperlichen Unpässlichkeit. Und ist sie noch so gering. Er verfällt dann in einen Zustand der melancholischen Verwilderung. Er wird passiver und passiver, lässt sich treiben, bis er schließlich in seinem hintersten Innenraum angekommen ist. In dieser Stimmung hadert Steller dann mit allem und jedem, er nimmt alles persönlich und wähnt alles gegen sich gerichtet. Wo er es dann sogar dem Abend persönlich übelnimmt, dass es finster wird.

Auch die Bücher wirken dann besonders teilnahmslos und verstaubt. Verstaubt, so wie sich Steller selbst fühlt.

Steller griff nach einem Band, der mit *Die kleine Arztpraxis* betitelt war. An einem einzigen Tag, so las Steller eine Stelle, die er beliebig aufgeschlagen hatte, schlägt das Herz, je nach Fitness, zwischen 100.000 und 300.000 Mal. 2.200 Mal wird das Blut täglich durch den Körper geschickt. Das sind hochgerechnet 11.000 Liter Blut, die das Herz Tag für Tag durch den Körper pumpt. 22.000 Mal holt man Luft, atmet man. Das sind 14 Kubikmeter Luft, welche die beiden Lungenflügel bewegen.

Steller legte seinen papierenen Hausdoktor zur Seite. Wozu dieser Aufwand? Diese Kompliziertheit des Organismus? Steller dachte an all die Organe, stellte sich all die Innereien, wie er sie von den Speisekarten der Wirten kennt, ... – Beuschl, Hirn, Leber, Nieren ,... – vor, die da in Kopf, Brust und Bauch pulsieren, sich räkeln und im komplizierten Zusammenspiel das ausmachen, was man Leben nennt. Und wehe, solch ein Organ stellt dann einmal seine Funktion ein. Das kleinste, aussetzende Rädchen genügt, und dieses hochkomplizierte Werk gibt seinen Geist auf. Purer Luxus, dachte Steller, und musste heftig niesen, und dann noch einmal. Und viel Rotz kam dabei aus der Nase, den er gerade noch in ein bereits gebrauchtes Feh entsorgen konnte. Wenn wir tatsächlich nach dem Höheren, dem Transzendentalen streben, ist der Körper doch bloß ein Durchgangsstadium. Und da verstehe, wer wolle, warum und wozu wir für unsere kurze irdische Passage so was Kompliziertes und Anfälliges wie unseren Körper nötig haben. Neben der *Kleinen Arztpraxis* bemerkte Steller eine Billigausgabe der Bibel. Steller weiß nicht viel über Gott. Und ich habe auch keine Ahnung, dachte er in Erinnerung an seine Ministrantenzeit, wofür er denn in der Tat zuständig sein soll. Wenn er für unser Glück nichts kann, dann kann er aber auch nichts für unser Unglück. Zigmal hatte er als Bub Kerzen am Opferaltar in der Kirche angezündet und inständig um dies und das gebeten, ja gebettelt. Dass die kleine Hermi ihn endlich heimbegleiten solle. Dass sie ihn mal so richtig machen lasse. Dass aus der Naturlehre-Drei am Ende doch noch eine Zwei werde. Aber ... es hat nie etwas geholfen.

Vielleicht hatte Steller damals ja nur die falschen Bitten. Vielleicht gibt sich der da oben ja nicht mit solchen Peanuts ab. Nun schlug Steller doch die Bibel auf. Er landete in der Genesis:

Es hatte aber alle Welt einerlei Zunge und Sprache. [...] Da sprachen sie: Lasst uns einen Turm bauen, dessen Spitze bis zum Himmel reiche. Da fuhr der Herr hernieder, daß er sähe den Turm, den die Menschenkinder bauten. Und der Herr sprach: Sie werden nicht ablassen von dem, was sie sich vorgenommen. Lasst uns ihre Sprache verwirren, daß keiner des anderen Sprache verstehe.

Steller schlug gerne x-beliebige Stellen in Büchern auf. Tippte sich blind einen x-beliebigen Satz heraus. Dies wiederholte er bei einem zweiten Buch. Und setzte die beiden x-beliebigen Sätze in Beziehung.

Ein klagendes Miau riss Steller aus seinen Gedanken. Eine Katze, der Statur nach zu schließen ein Herr Katze, mit rotem, zerzaustem Fell maunzte Engelbert an. Wo kommst du denn her?

Ein zweites Miau, dieses Mal eher im selbstbewussten Ton der Klarstellung, ließ keinen Zweifel: Das Tier hatte Hunger. Komm mit, lockte Steller die Katze, einen Stock tiefer ist die Küche. Wir machen uns Nudeln. Komm schon. Aber die Katze rührte sich nicht von Stellers Bett weg. Na gut. Dann bleib doch, murmelte Steller beleidigt. Jetzt setzte sie sich in Bewegung. Bleibdoch, lockte Steller sie ein zweites Mal. Und der rote Kater folgte ihm einen Stock tiefer in die Küche. Bleibdoch kam ab da öfter. Er hörte auf nichts Anderes. Also nicht, dass er nicht hörte. Aber nur auf Bleibdoch reagierte er.

9

Es war fünf Uhr morgens. Es hatte aufgehört zu regnen. Seit abends um neun hatte Steller am PC gesessen. Jetzt graute draußen der Morgen. Steller öffnete das Fenster. Und musste zum Wasserlassen einen Stock höher. Konzentriert sah er seinem Strahl nach. Und wieder dachte er an die Kompliziertheit seines Körpers. Was die diversen Organe alles zu tun gehabt hatten, dass da am Ende diese gelbe Flüssigkeit rauskam. Steller hatte diese Innenansichten vor Augen, wie sie bei Dr. House krankhafte Veränderungen illustrieren. Minikameras durchrasen da Organe, Gedärme, Blutgefäße, einzelne Zellen. Zellenzellenzellen. Alles da drinnen in mir besteht aus Zellen. Mein Herz, meine Haut, eine riesige Ansammlung von Zellen, verschiedenste Zellen mit den verschiedensten Aufgaben. Meistens funktioniert ja alles perfekt. Aber wehe ... Steller öffnete auch im Küchenstock das Fenster. Der Tag ließ etwas wie Heiterkeit spüren, die Luft roch nach Nasivin. Ich bin weitgehend der Text, den ich aufschreibe, sah Steller sich in den Spiegel, atmete tief ein, als wär's ein allesentscheidender Selbstversuch, und strich sich über den Siebentagebart. Die Verkühlung war abgeklungen. Nur noch eine kleine Irritation im rechten Kiefer. Das bedeutete Endstation. Steller kannte seinen Kopf. Verkühlungen begannen mit einem Stechen im linken Ohr, wanderten über den Scheitel zum rechten Ohr, – auch da ein Stechen. Und zuletzt dann diese Irritation im linken Kiefer, – wahrscheinlich ein schadhafter Zahn. Steller brachte sein Gesicht ganz nah am Spiegel in Stellung, ordnete grimassierend seine Gesichtszüge. Und stellte fest, dass heute alles an ihm ein wenig wie geborgt aussah. Die unfrisierten Haare, sein gezwungenes Lächeln. Als sei es eine Prüfung, die es zu bestehen galt, kratzte er sich mit einem Bic die Stoppeln aus dem Gesicht. Das Lächeln war einem Ernst gewichen. Steller reckte das Kinn, besah sich die Rötungen am Hals. An der oberen Lippe befühlte Engelbert eine Stelle, die spannte, und die etwas erhaben hervortrat. Irgendwo müsste er noch eine Fieberblasensalbe haben. Auf dem Kühlschrank fand er seine Toilettetasche. Steller kippte den Inhalt auf den Küchentisch. Vorsichtig begann er zu sichten. Ein Fläschchen Teebaumöl, verschiedene Medikamente in metallisch glänzenden Blisterpackungen, – Thomapyrin, Aspirin, – ein Einwegrasierer, Sicherheitsnadeln, eine elastische Binde (ordentlich mit zwei Hakenclips fixiert), lose Wattestäbchen, eine Nagelschere plus Feile, ein Briefchen mit Faden und Nadel, Heftpflaster, eine Packung Tempo und (!) ... eine Karo-Zehn. Steller nahm die Spielkarte bedächtig auf, drehte und wendete sie und wunderte sich nicht, dass ihn sein Gehirn „Alles auf eine Karte setzen“ denken ließ. Sogar die Gänsefüßchen dachte es für Steller dazu. „Alles auf eine Karte setzen.“

Alles auf eine Karte setzen. Die Karte. Das Leben. Eine Karte als Leben. Das Leben eine Karte. Einmal Atout. Dann wieder im Talon. Immer Atout. Immer im Talon. Steller legte die Karo-Zehn beiseite und wühlte in dem ausgekippten Inhalt der Toilettetasche weiter. Aber keine Fieberblasensalbe, so eine kleine Tube, blau mit einem weißen Verschluss, Zavinax, Zoberix, irgendetwas mit einem Z voran und einem X am Ende. Er müsste gleich um neun Uhr zur Apotheke.

Das ausgebreitete Durcheinander – so sah Steller sein Leben. Das Leben als solches. Wattestäbchen neben einer spitzen Schere, Dinge, die so in keinem Zusammenhang stehen. Wie auch das Leben aus zufälligen Abfolgen besteht. Die Chronologien, wie sie uns in Büchern oder Filmen vorgespiegelt werden, pure Erfindungen, künstliches Geflunker. Das wahre Leben eine zufällige Anhäufung zahlloser Bruchstücke. Eine zufällige Anhäufung auf einer zufälligen Unterlage. Einmal wertvolles Teak oder blanker Marmor, dann wieder billiges Resopal. Das darunter, der Hintergrund, das soziale Umfeld mache den Unterschied. Steller hielt die Toilettetasche an den Tischrand und wischte mit der Schaufel seiner rechten Hand das Kleinzeugs zurück ins Necessaire. Das rotgesprenkelte Resopal wirkte stumpf und grindig. Wie wärs mal mit Putzen (?), fragte Steller seinen inneren Schweinehund. Der aber stellte sich taub.

Steller hob den rechten Ellbogen, roch achselwärts an sich. Eine Dusche war angezeigt. Montag. Es ist Montag. Ja, Montag. Heute würde Marion aus ihrem Urlaub zurückkommen.

Die Apotheke hatte noch geschlossen. Steller empfand es als persönliche Kränkung. Die Uhr am Kurplatz zeigte fünf vor halb zehn. Engelbert Steller bezog Stellung, sah den Fahrzeugen beim Fahren und Stehen zu. Er hob den Blick. Richtung Bad Schobersberg sammelte sich etwas Himmelsblau in der Kerbe zwischen zwei Bergen. Auf der Straße hupte ihn ein Kleinwagen an. War er gemeint? Tatsächlich. Im Seitenfenster tauchte Marions Kopf auf: Hallo, Cheffe! Als Steller nicht gleich eine Antwort einfiel, rief ihm Marion, schon im Anfahren, noch schnell ein fröhliches Bisspäter hin. Das Scherengitter schepperte hoch. Der Apotheker höchstpersönlich sperrte auf. Bitte, Herr Steller, kommen S' rein. Steller bekam sein Zovirax. Und wurde noch überredet, seinen Blutdruck messen zu lassen. Ist die Woche gratis, unsere Frühjahrsaktion. Der Apotheker sah dabei auf grundsätzliche Art unbeteiligt drein.

Ist schon etwas hoch, 188 zu 111. Der Apotheker trug das Ergebnis in eine Art Pass ein: Lassen S' Ihre Werte noch zwei-, dreimal überprüfen, dann schaumamal.

10

Steller beeilte sich. Marion würde ihn ja schon erwarten. Sie stand am Treppenabsatz zum ersten Stock und fuchtelte mit einem Plastikkartending wild in der Gegend herum: Ich hab ihn, ich hab ihn!

Wen oder was, gab sich Steller begriffsstutzig. Bestanden! Ich hab ihn, den Führerschein!

Das also war ... Gratuliere...(!) Das müssen wir feiern, Marion! Und das Auto ...(?)

Das hab ich von Papa, Herr Steller. Der hat sich einen neuen Wagen angeschafft, und hat mir Vinzenz verehrt.

Vinzenz (?), machte Steller auf Quizkandidat.

Mein Mazda und ich sind schon per du, er heißt Vinzenz.

Achja ...

Übrigens: Die Entchen machen sich gut, Cheffe! War ganz stolz, als ich's in der Zeitung gesehen hab.

Kannst du auch, war ja schließlich deine Idee.

Und, wie war dein Urlaub ...(?) Marion deutete mit ihren Augen nach oben: Sie haben Besuch. Auf Stichwort hörte Steller Christas feste Stimme aus dem ersten Stock: Herr Steller, bin ich ungelegen(?)!

Aber Frau Krön, Sie ...(!), Sie sind mir doch immer willkommen. Während ihrer Stockzustockbegrüßung war Steller an Marion vorbei die Stufen hinaufgeeilt, so passabel er das eben mit seinem welken Bein konnte.

Hey, schon lange nicht mehr gesehen ...

Hast du Zeit, Steller ... Es gibt Neuigkeiten. Christa Krön zog die Neuigkeiten im Singsang der Verheißung unnatürlich in die Länge.

Neuigkeiten(?)

Neuigkeiten, mein Bester(!) ... Lust auf ein Frühstück, ich lad dich ein ...(?)!

Worauf warten wir ...(?)!, gab sich Steller unternehmungslustiger als es seinem Naturell entsprach. Nach Ihnen, Frau Krön!, schlängelten sie sich an Marion vorbei. Die sah Steller mit einem kurzen Wassollichinzwischenmachenblick an.

Steller hielt kurz inne, verdrehte den Kopf nach hinten: Weißt du was, such doch ein paar Titel heraus, die mit Glück, Glückssuche zu tun haben. Wir machen „Glückswochen". Und wenn du schon dabei bist, sortier auch gleich alle Arten von Ratgebern raus ...

Mach ich, Cheffe ...(!)

Mit Bedacht stieg Steller die Treppe hinunter, wandte sich noch ein zweites Mal um: Neue Frisur?

Ein bisschen rötlicher, lockiger. Gefällt's Ihnen?!

Chic, Marion, sehr chic ... ließ Steller vernehmen.

Es klang ein wenig zu brummig, wie er es sprach. Zu brummig, um als freundlich durchzugehen. Und als er es sprach, sprach Steller es außerdem schon in Christa Kröns Nacken.

Es war einer dieser lauen Märztage, die sich einbilden, schon zum Sommer zu gehören. Ah, tut das gut, Frühling, Sonne, Wärme, trat Steller aus seiner Bücherarche hinaus in die Welt, und reckte seine Arme in den blitzblauen Himmel.

Wohin wollen wir(?), hakte sich Christa bei Steller unter.

Zum Moosingerwirt auf Palatschinken ...(?), fiel es Steller spontan ein. Sie lachten.

Lass uns rüber zum Traxelmayer, was meinst?!, lenkte Christas untergehakter Arm Steller mit sanftem Druck nach rechts Richtung Hauptplatz.

Traxelmayer ist OK ... gingen sie los.

Apropos, was macht dein Bein ...?

Es geht. Es geht so. Manchmal ist's ärger. Ich war jetzt ziemlich stark verkühlt. Da spür ich's besonders, wenn's mir als Ganzes mies geht. Aber vieles kommt auch nur vom Kopf. Hab ich mir sagen lassen. Irgendetwas hindert mich am Weiterkommen, ... sozusagen.

Sie nahmen den Tisch gleich bei der Zeitungsablage. Das Café noch spärlich besetzt.

Sie waren quasi unter sich. Also, sag schon, was gibt es Neues ...(?) Da kam die Bedienung. Es war nicht Daniela. Schwarztee, Melange, zwei Topfengolatschen ... Sofort, ... wiederholte die Nichtdaniela ... Kommt sofort, ...!

Jetzt ... also ... drängte Steller erneut.

Ich ... Und Christa Krön machte eine bedeutungsvolle Pause, ...

Ich hab mich verliebt.

Aber das ist doch schön ..., stotterte sich Steller eine Antwort zurecht. Denn irgendetwas musste jetzt wohl gesagt werden. Und? Wer ist der Glückliche ...?

Wir sehen uns nicht sehr oft ...

Wie? Eine Fernbeziehung(?), ...

Also nicht wirklich ...

Also wie jetzt(?)

Er ist Schriftsteller. Und lebt abwechselnd in Salzburg und in Südtirol, bei Bruneck. Sein Verleger, also sein Freund, also sein Verlegerfreund, hat da eine Hütte ...

Ich verstehe ...

Ja, und(?) Habt ihr schon ...(?)

Wie?!, erntete Steller einen empörten Blick.

Ja, habt ihr euch schon arrangiert ... wer wen besucht, und wenn ja, wie oft, ... so meinte ich, bekam Steller noch rasch die Kurve.

Die Krön war jetzt nicht mehr zu stoppen. Und erzählte von ihrem Prinzen. Steller blickte steif zum Fenster hinaus. Der Kurplatz sah aus, als hinge der Erdball schiefer als sonst. Keine Enten. Keine Engel.

Eine Unruhe erfasste Steller, die von einem Sich-Angezogen-Sein herrührte. So wie damals, als das mit den Mädchen begann. Als er 15, vielleicht 16 war. Diese Aufgeregtheit angesichts so eines anderen Geschlechtes. Diese Unschuld des Begehrens, ohne noch dessen Erfüllung zu kennen.

Steller hörte Christa Krön nur mit einem halben Ohr zu. Während Christa erzählte, dass er Wolfgang hieße, drei Jahre jünger als sie sei, aber dennoch schon fast eine Halbglatze habe, die ihn aber so besonders sexy mache, dass Wolfgang schon acht Bücher veröffentlicht und erst vor kurzem einen Preis, einen sehr renommierten bundesdeutschen Literaturpreis, bekommen habe, war Steller damit beschäftigt, sich daran zu erinnern, dass er der ist, der in dem hohen, schmalen Haus voller Bücher lebt, in diesen vier übereinandergestapelten Schuhschachteln mitten in Bad Schlichting, und dass der Umstand, dass er sich immer so benimmt, als würde er sich nichts und niemandem zugehörig fühlen, das wohl Auffallendste an ihm sein müsse.

Kurz sah er in Christa Kröns Gesicht. Ihr Lächeln erschien ihm auf hoffärtige Art dümmlich. Steller erschrak ob seines Gedankens. Christa nahm einen Schluck von ihrer Melange.

März: Im Nu ist es wieder Winter. Wir müssen uns mit dem Leben beeilen. So viele Tode herum.

Wie bist du denn drauf?, spielte Christa die Empörte. Und lachte gekünstelt.

Allein im letzten Jahr, fuhr Steller unbeirrt fort: Die, die ich so mitbekommen hab, – Sir Edmund Hillary, Bobby Fischer, Rauschenberg, Rühmkorf, Richard Wright von den Pink Floyd, Mitch Mitchell von der Jimi Hendrix Experience. Und nicht zu vergessen: Albert Hofmann, der Erfinder von LSD. Nein ...

Steller hielt ein, als hätte er sich eines Besseren besonnen, und wandte sich entschlossen seiner Freundin zu: Hey, das klingt gut, das mit deinem Wolfgang, ich freu mich für dich ...

Muss ich mir Sorgen machen ...(?), ...

Mir ist nur gerade bewusst geworden ...

Was? Wollte die Krön es jetzt wissen. Sag schon!

Ich dachte gerade daran, wer lange aus dem geschlechtlichen Stromkreislauf ausgeschlossen bleibt, fällt irgendwie aus der Welt.

Ach, du Armer! Müssen wir dir jetzt auch eine Herzdame suchen ...(?)

Haha, nahm Steller Christa Kröns Bemerkung die Spitze.

Das mit den Frauen, weißt du, Christa, ... ist so ein eigenes Kapitel. Ich denke, Frauen, Männer und Liebe so eine Gleichung, die nie aufgehen kann. Es bleibt immer eine Unbekannte, ein X. Was du auch verschiebst, kürzt und herumtrickst, um das X kommst du nicht herum. Nimm nur die Chromosomen: XX für die Frauen. Nur ein X für die Männer, das zweite X quasi geopfert für das Männliche am Mann, ... mutiert zum Y. Die Frauen sind mit dem zweiten X abgesichert. Das gibt Sicherheit. Wie ein Reserverad.

Wie ein Reserverad (?), wiederholte die Krön mechanisch.

Schau doch, Frauen leben länger, sind ausdauernder, zäher. Und Männer? Sie sind eindeutig geschwächt durch ihre ein-x-ige Ausführung. Das Y macht sie anfälliger für Defekte. Die Gleichung zwischen Mann und Frau kann also niemals aufgehen. Das eine X der Frau, das bleibt immer. Da kenne sich dann einer aus. Ich war mit einer Frau fünf Jahre zusammen, bevor wir zusammenzogen. Und es war nach drei Monaten vorbei. Eine andere Frau kannte ich drei Monate, wir nahmen uns eine gemeinsame Wohnung, und es hielt fünf Jahre. Was ich immer sage: Im Fasching und in Liebesbeziehungen muss man mit allem rechnen.

Christa Krön lachte ein einsilbiges Lachen.

Das klingt zwar nach billigem Kalenderspruch, war Steller jetzt nicht mehr zu bremsen, aber hat was. Und jetzt? Ich bin vor lauter Liebe und dem Verlangen danach mit der Zeit ein Kostverächter geworden. Liebe ist eh nichts Anderes als eine ziemlich feuchte Angelegenheit, manchmal zugegebenermaßen auch angenehm, aber alles in allem kostet sie einen nur Zeit. Was ich mir jetzt alles erspar. Das Einzige, das ich bedauer': Meine Gewohnheiten werden jetzt mehr denn je von meinem Alleinsein bestimmt. Und nicht von den Menschen. Was ja vielleicht auch wieder ein Vorteil sein kann.

Fertig? Engelbert Steller, ich denke, Sie sollten wieder öfter, oder überhaupt, ... mehr unter Leute. Mir kommt vor, je länger du an deiner Seiboldgeschichte schreibst, umso mehr wird dieser Seibold zum einzigen Kronzeugen, dass es Steller gibt. Danke übrigens für die Mails mit den vielen kleinen Textportionen ... Freu mich jedesmal, wenn ich wieder was Neues zu lesen bekomm'.

Ich mach so vor mich hin, ohne besonderen Plan, aber es beansprucht jede Menge Zeit. Wenn ich schreibe, bestehe ich nur noch aus Buchstaben. Ich werde irgendwann sowieso verschwinden. Ob ich will. Oder nicht. Ich werde mich auflösen. Im Papier aufgehen. Im Geschriebenen.

Und (?), wie geht's weiter mit deinem Seibold? Was du vorhin über die Gleichung Mann/Frau/Liebe gesagt hast, das würd ich mir gleich mal merken. Das könnte doch gut und gern auch dieser Pascal Seibold sagen ...

Seibold wird Betreuung brauchen, über kurz oder lang wird er ...

Ja?

... es ist in den meisten Fällen interessanter, was nicht gesagt wird, als das, was gesagt wird ...

Und du meinst, beim Schreiben ist das auch so?

Man muss als Autor immer mehr wissen als die Leser. Ja sogar mehr, als man schreibt. Also, was liegt näher, als gleich zu schweigen? Leere Seiten, Seiten mit Armeen von Gedankenstrichen.

Aber du schreibst doch weiter ...(?), wusste Christa Krön nach einer Pause voller Gedankenstriche nichts Besseres zu fragen.

Wahrscheinlich. Wahrscheinlich schreib ich weiter. Wahrscheinlich muss ich weiterschreiben. Weil mir wahrscheinlich die Kraft zum Aufhören fehlt. Jeder Satz zeugt von meiner Mutlosigkeit. Alle Literatur zeugt wahrscheinlich von der Mutlosigkeit ihrer Verfasser.

Wahrscheinlich, aber jetzt mal er nicht gleich alles so schwarz.

Das war für Steller das Stichwort. Schwarz. Wieder war sein Blick nach draußen auf den Kurplatz fixiert.

Da war er wieder, dieser Traum von heute Nacht ... Und Steller schaute wie einer, der nicht gewöhnt ist, bemerkt zu werden. Steller sah eine Leere. Er schloss die Augen. Und dann dachte er sich eine Leere. Als er die Augen öffnete, überschnitten sich die gesehene und die gedachte Leere. Steller meinte ein leises Geräusch zu bemerken. Wahrscheinlich die Lüftung. Oder das Rascheln seiner verschlissenen Illusionen, dachte Steller. Stellers einzige Entschuldigung vor sich: Er war im Moment wahrscheinlich wieder einmal mit seinem bloßem Überleben beschäftigt.

Das wahre Leben verbringt man sowieso in den Träumen, holte Christa Krön Steller von seinen Abschweifungen zurück.

Wahrscheinlich ... ließ dieser vernehmen.

Wolltest du mir nicht einen Traum erzählen ...(?)

Du meinst ...(?)

Ich meine nicht nur. Ich bitte darum ...

Also, du musst dir vorstellen: ... Eisige Stille. Menschen in Schwarz. Ein Trauerpulk vor einem offenen Sarg. Ich werde in den Altarraum gebeten. Der Sarg wird vor mich hingestellt. Er wirkt jetzt puppenhaft klein, ausgefüllt mit einem weißen Wickelpolster, aus dem sich ein Gesicht abhebt. Es ist das meiner Mutter. Der Wickelpolster ist ein Kokon, platzt da und dort auf. Etwas will durch. Der Kokon bricht zur Gänze auf und eine Gestalt wächst und wächst zu einer riesenhaften Figur, die an einen seltenen Schmetterling erinnert, den man, glaube ich, russischer Bär nennt. Die Vorderflügel bilden eine Art Cape. Es zeigt auf tiefschwarzem Grund weißgelbe Streifen, die an den Spitzen zu einem markanten V zusammenlaufen. Ich hab das alles genau, bis ins kleinste Detail vor mir gesehen. Über allem das drohende, dominierende Gesicht meiner Mutter. Umrahmt ist es von den hohen Stumpen des Wasserdorsts, den man auch Kunigundenkraut nennt, deren hell- bzw. zartrosa Röhrenblüten so zu faustgroßen Köpfen zusammenstehen. Mit zusammengeklappten Vorderflügeln sieht man die signalroten Hinterflügel dieses Bärenschmetterlings nicht. Schwarz und mächtig, aber gut getarnt schwebte die Figur meiner Mutter über mir.

Hast du eigentlich Angst vor dem Tod (?), reagierte Christa Krön nach einer Heerschar von Gedankenstrichen fast flüsternd.

Nicht wirklich. Er ist nur irgendwie unpraktisch. Die halbe Ewigkeit in der Kiste herumzuliegen, ist ja nicht gerade abendfüllend ... oder?! Was meinst du ...

Was hältst du von einem gepflegten Vormittagscognac, Herr Steller. Wir trinken jetzt aufs Leben ... – Fräulein!, wartete Christa Krön erst gar nicht Stellers Antwort ab.

Und (?), wirst noch was schreiben heute ...(?)

Ich bin mit meinem heutigen Tagespensum schon

fast fertig, ... Ich hab mir erst gar nichts vorgenommen ...

Sie lachten. Die Bedienung stellte ein silbernes Tablett mit den zwei kleinen Cognacs ab. Prost, aufs Leben, ergriffen beide fast gleichzeitig die Gelegenheit, sich im Traxelmayer und im Leben wiederzufinden.

Wolfgang? Wolfgang also heißt er. Und du sagst, Schriftsteller ist er? Steller war jetzt sichtlich um einen moderaten Ton bemüht. Na hoffentlich wird das was für die Zukunft, ich wünsch es dir, ... euch.

Prost! Und danke, gute Wünsche kann ich immer brauchen, erhellte sich nun auch Christas Gesicht merklich. Draußen bahnte sich ein sonniger Tag an. Im Café hingegen war es dunkler geworden. Die morgendliche Galabeleuchtung war zurückgedimmt worden.

Während Christa Krön weitere Vorzüge ihres Wolfgangs preisgab, betrachtete Steller sein Gegenüber besonders aufmerksam. Sie saß mit dem Rücken zum Fenster. Steller hörte einem Scherenschnitt zu. Oder besser: Er hörte nicht wirklich zu. Er studierte Christa Kröns verschattetes Gesicht. Erstmals fiel ihm die großporige Haut auf ihrer Stirn auf. Die Zähne fand er auf einmal zu gelb. Rechts der Schneidezahn schief gewachsen. Auch die Nase erschien ihm mit einem mal unschön gekrümmt. Und zu groß.

Lieber nicht länger hinschauen, ermahnte ihn der bessere Steller in ihm. Sonst würde die Haut noch poriger, die Zähne noch gelber oder womöglich noch schadhaft.

Die Krön hatte aufgehört zu reden. Sie blickte jetzt auf bedenkliche Art nachdenklich an Steller vorbei. Engelbert Steller, sagte sie ernst, Engelbert Steller, ich fühle mich im Moment ...

Ja ...?

Ich fühle mich gerade so, wie du mich vorhin angesehen hast.

Und? Wie hab ich dich angesehen ...?

... taxierend! ... Ja, ich fühl mich irgendwie taxiert. Vom Leben taxiert.

Die Krön hatte jetzt etwas von der Knappheit eines Haikus. Aber das ..., das bildest du dir jetzt bloß ein ...

Ich muss mal kurz ..., verschwand sie in der Tür mit den Symbolbildern von Mannundfrau.

Steller sah ohne zu schauen. Im Café mittlerweile schon mehrere Gäste. Sie waren hauptsächlich mit Herumsitzen oder Lesen beschäftigt. Stellers Blick streifte den Kurier auf der Zeitungsablage seitlich von ihm. Eine Überschrift fiel ihm ins Auge, und er griff sich die Zeitung: *Das Glück kommt oft sehr spät.*

Du bildest dich gerade?, meldete sich die Krön von Damenundherren zurück.

Was war das eigentlich vorhin mit Marion und den Glückstiteln?

Ich mach Glückswochen in meinem Laden.

Glückswochen? Hast du auch an eine Veranstaltung oder sowas Ähnliches gedacht,...

Du meinst ...? Du könntest ...(?)!

Warum nicht. Ich könnte einen Vortrag vorbereiten. Und ein wenig für meine Seminare werben … zeigte sich die Krön schnell von ihrer eigenen Idee begeistert.

Bräuchten wir nur noch einen Titel, einen fetzigen, Frau Krön …

–

Glück ist immer das, was kommt.

Christa Krön ließ das fürs Erste wirken, um dann nachzulegen:

Von der Abschaffung der Gegenwart.

Ein Vortrag von Christa Krön. Therapeutin und Glückscoach, zeichnete sie mit der rechten Hand bereits die Plakatüberschrift in die Luft, indem sie vor ihren Augen die offene Spange aus Zeigefinger und Daumen von links nach rechts führte.

Was hältst du davon?

Super. Und vielleicht kannst du ja … Also ich meine, vielleicht kann Wolfgang dann auch noch einen seiner Texte lesen, … also wenn er etwas Passendes hat.

Ich kann ja mal mit ihm reden … Wenn er dann überhaupt im Lande ist …

Super. So machen wir's.

Sie verließen das Traxelmayer.

Tschüs, mein Bester, machte sich Christa Krön nach der Küsschenküsschenprozedur zu ihrem Auto auf.

Man sieht, man hört, winkte Steller ihr hinterher.

11

Steller am Heimweg. Kurz vor Zwölf. Er fühlte sich, wie man sich sonst nur fühlt, wenn man eine Niederlage hat einstecken müssen. Sein Lächeln von der Art, das einem passiert, wenn einem Schmerzen zugefügt wurden, man aber nicht schreien kann, oder will, und stattdessen dämlich grinst.

Eine Frau in seinem Leben, an seiner Seite oder woauchimmer, würde seine Bleibe und sein Leben ja doch nur verkleinern und verfremden, seine Arbeitszeit drastisch verkürzen. Und seine Gewohnheiten gehörig auf die Probe stellen.

Und überhaupt: Seinen Körper gehörig schwächen. Würde ihn wieder auf diese Zerrissenheit zurückwerfen aus Nähe und Distanz. So würde er die Nähe herbeiwünschen, wenn alles Liebenswerte weit fort ist. Und würde auf Abstand Wert legen, wenn die Nähe Überhand genommen hat.

Kurz: Eine Frau würde aus Steller einen anderen Menschen machen.

Wollte er das? Gewiss nicht. Er war ganz zufrieden mit sich. Und so wie es gerade lief.

Mein ganzes Leben war bisher ein Kleinerwerden,

meinte der unzufriedene Steller in Steller. Und auf einmal gefielen ihm die Berge. Früher, von Kindheit an, hatte er sie immer als bedrohlich empfunden. Jetzt sah er in ihnen Verbündete.

Steller dachte sogleich, wie gut, wie gut die frühlingsfrische Luft hier riecht. Steller sog sie hörbar ein. Einem Passanten, der ihm entgegenkam, war vom Gesicht abzulesen, dass er wohl Ähnliches dachte. Auch er sog die Luft genießerisch ein. Steller kam sich überflüssig vor. Wie gar nicht mehr vorhanden.

Cheffe?

Marion, ... hey ... Wo steckst du?

Zweiter Stock ...!

Sie saß am Boden, inmitten eines Ringwalls aus Bücherstapeln. *Alles Glück dieser Welt,* ... Sie werden nicht glauben, was ich alles gefunden hab ...

Steller pflückte sich ein paar Bände. *Das kleine Buch vom Glück. Das Glück der Unerreichbarkeit.* Er blätterte kurz darin, legte die Bände dann wieder zurück. *Vom Glück der kleinen Schritte. Glück kommt selten allein. Lesebuch für Glückliche. Und solche, die es noch werden wollen.*

Hier auf dem Stapel hab ich die literarischen Sachen.

Zuoberst fiel Steller François Lelords *Hectors Reise oder die Suche nach dem Glück* in die Hände. Er legte den Kopf schief, las die Rückentiteleien. Gavaldas *Alles Glück kommt nie. Das Glück in glücksfernen Zeiten,* der neue Roman Genazinos, in dem er vor kurzem selbst geschmökert hatte. Sehr schön, Marion. Weiter so. Und dann ab in die Drehständer. Auspreisen müssen wir sie nicht. Wir machen drei Euro für die Teebäs und fünf für die Gebundenen. Die literarischen Titel in den einen Ständer. Die Ratgeber in den anderen, OK?!

Alles klar, Cheffe!

Ich bin dann unten am PC.

Übrigens, kam er noch einmal zurück: Frau Krön wird einen Vortrag bei uns halten. Hast du was zum Schreiben?

Moment ...(?!) ... Jetzt.

Die Bücherarche Bad Schlichting

Bücherarche ...(?)

Na, irgendwie muss unser Laden ja benamst sein. Oder sollen wir „in der Buchhandlung ohne Namen" schreiben?

Cool, Bürcherarche ist eh stark, ... lenkte Marion ein.

Also: Die Bürcherarche Bad Schlichting lädt zum Vortrag von Christa Krön, Psychotherapeutin und Lebensberaterin, zum Thema:

Glück ist immer das, was kommt. Oder: Von der Abschaffung der Gegenwart.

Das Datum ...(?): Das lässt du am besten noch offen, Beginn 20 Uhr, Eintritt: freie Spende.

Kannst du mir das plakatmäßig gestalten, du bist da viel geschickter als ich.

OK, Cheffe. Mach ich. Mach ich gerne ... Bis wann?

Hat Zeit. Nächste Woche irgendwann ...

Mit einem „Ich bin dann also unten am PC“ beendete Steller das Gespräch. Er wandte sich zum Treppenabsatz, schüttelte etwas unkontrolliert den Kopf und murmelnd fiel es ihm dann noch ein: Die Krön, – ... tztz, die Krön hat einen Freund, was sagt man dazu(?) ...

Wie bitte (?!), Cheffe, haben Sie noch was gesagt?

Ach nichts.

Übrigens: Ich hab Ihnen einen Einschreiber hingelegt. Ich glaub von der Bank.

Danke. Steller öffnete den Geschäftsbrief. Der Raikaschorsch, der Filialleiter, bat Steller zu einem Gespräch. Das konnte nichts Gutes bedeuten. Er würde morgen anrufen.

Steller widmete sich lieber seinem Waswärewennleben. Seibold harrte dem Fortschreiben seiner Biografie.

12

Steller setzte sich an den PC. Und machte so lange ein undurchsichtiges Gesicht, bis auch der letzte Gedanke an Christa Krön und ihren Wolfgang verschwunden war.

Der Tag würde es schwer haben mit Steller. Sein Seibold sowieso.

Wo bin ich stehengeblieben? Steller öffnete das Worddokument, scrollte zum Ende ... – ach ja ... die Labellos, die Nylonstrümpfe.

Er hatte vergessen, nach dem Nachnamen von diesem Wolfgang zu fragen. Wenn er einen renommierten Preis erhalten hat, müsste Steller ihn doch kennen. Oder er könnte ihn zumindest googeln. Und dann gäb's ja vielleicht irgendwo auch ein Foto von ihm ...

Steller wechselte ins Mailprogramm, schrieb: Liebe Christa, danke für unseren schönen Vormittag im Traxelmayer. Ich wollte dich noch nach dem Familiennamen deines Wolfgangs fragen. Für unser Veranstaltungsprogramm, das Marion gestalten wird – ich hör von dir?

Guten Gruß: Steller.

Steller klickte SEND und starrte gebannt auf den Bildschirm. Und tatsächlich. Nach wenigen Augenblicken Christas Antwort.

Lieber Steller, Wolfgang heißt Wolfgang Greindlmeier, aber bekannt ist er unter seinem Künstlernamen Aladin Wendtner. Ich hab eh schon versucht, ihn telefonisch zu erreichen. Ich sag dir dann umgehend Bescheid, ob er bei unserem Glücksevent mitmacht, OK?!

Schönen Tag. Christa K.

Aladin Wendtner. Sofort googelte Steller den Namen. Und fand etliche Einträge. Lesungen, Hinweise auf den Preis, Pressemeldungen seines Verlags, und hier: ... – die Homepage. Klick, ... – und Steller befand sich in Aladin Wendtners persönlichem Schreibkosmos. Termine, Bücher, Presse, Texte zum Nachlesen, Biografie, Kontakt, alles sehr professionell und informativ. Auf der Biografieseite dann schließlich auch ein Foto. Naja, dachte Steller bei sich. Naja, dafür, dass er fast 20 Jahre jünger ist, naja.

Mit dieser Naja-Stimmung kehrte er zu seinem Seibold zurück. Schlüpfte in sein zweites Ich, versetzte sich in die Lage einer Tochter, von der niemand wusste, ob es sie gibt, einen Bericht, einen langen Brief zu schreiben.

Der lange Brief zur kurzen Einbildung, wandelte er einen Handketitel ab und musste grinsen. Steller konzentrierte sich, fixierte ferne Punkte, wo in Wirklichkeit jeder Blick von überquellenden Bücherwänden und -stapeln verstellt war. Die Sehnsucht nach leeren Räumen und weißen Wänden überkam ihn. Weiß ich, was ich will? Oder was ich nicht will? In solchen Momenten wünschte sich Steller Möbel herbei, die er leicht verrücken könnte. Jeden Tag, sooft er wollte, dieses hier hin. Jenes dort hin. Stattdessen Bücher, Bücher, nichts als Bücher. Manches Mal kommt sich Steller als besserer Mensch vor, weil er so viele gelesen hat. Und dann wieder diese Phasen, da er sich verkriechen möchte, sich selbst durch und durch papieren fühlt. Und nur noch zerknüllte Blätter rund um einen Abfalleimer vor sich sieht.

Gut. Labellos und Nylonstrümpfe. Steller schrieb: Ich bin heute zeitig aufgewacht. Das dünne Licht des heraufdämmernden Tages ließ mich genau auf mein Drumherum hinschauen. Meine Drecksbude sah dabei ziemlich notschlafstellenmäßig aus. Aber jetzt bin ich im Reinen mit mir. Ich hab heute frühmorgens das Geschirr gespült, frisches Bettzeug aufgezogen, den Boden gewischt, die drei Fenster geputzt, und auch mit der Unter- und Oberwäsche bin ich à jour, sodass ich für die nächsten zwei Wochen die lästige Hausarbeit aus dem Kopf habe.

Hilfst du deiner Mutter im Haushalt? Ach, was soll's. Ist auch nicht wichtig. Viel wichtiger ist doch, wie und dass ihr miteinander auskommt. Redet ihr? Redet ihr viel miteinander??

Meiner Mutter hab ich immer, – meist nach der Schule, – die Ohren vollgelabert. Ich saß beim Mittagstisch, während Ma – so habe ich sie lange und noch als Erwachsener genannt, – schon den Abwasch besorgte. Stundenlang konnte ich ihr von Gott und den neuesten Lektionen aus dem Philosophieunterricht erzählen. Oder ihr Ausschnitte aus dem *Steinernen Herz,* meiner damaligen Lieblingslektüre meines Lieblingsautors Arno Schmidt, vorlesen. Sie, also Ma, tat dann immer so, als ob sie das alles interessierte, nickte stumm. Aber das war's schon. Meine Unterhaltung mit ihr der reinste Monolog. Mutter habe ich überhaupt als die Stumme, die, die wenig redet, in Erinnerung. Am schlimmsten war, wenn sie böse auf mich war. Oft wusste ich nicht einmal den Anlass, welcher Verfehlung sie mich überhaupt bezichtigte, wessen sie mich beschuldigte, aber ihre Strafe war schlimm genug. Sie schwieg, sprach kein Wort mit mir. Das ging tagelang so. Ich bettelte, bedrängte sie, sie solle mir doch verzeihen. Sie aber blieb stur. Stur und stumm. Wie aus dem Nichts sprach sie dann wieder mit mir. Und meine Welt war im selben Moment wieder im Lot.

Ich glaube, meine Mutter hat mich auf eine Welt vorbereitet, die mit wenigen Worten auskommt. Und in der alles auf selbstverständliche Art verständlich ist. Aber um etwas zu verstehen, frage ich mich heute, muss es da erst einmal etwas Verstehbares geben (?) ... Ich glaube, die Welt meiner Mutter existierte, wenn überhaupt, nur noch in den engsten Engen der Verschwiegenheit. Und wartete darauf, freigesetzt zu werden.

Heute noch nervt mich das ungemein, wenn Leute sich dem Gespräch mit mir verweigern. Ich raste dann förmlich aus. Nehme das als persönlichen Affront. Als Geringschätzung. Wahrscheinlich bin ich hoffnungslos harmoniesüchtig.

Da fällt mir ein: In letzter Zeit sehe ich öfter einen Mann in der Gartensiedlung herumschleichen, der sich auffällig für meine Laube (oder für mich?) interessiert. So ein Philip Marlowetyp. Mit speckigem Trenchcoat. Und Schlapphut. Naja, was geht's mich an ...(?)!

Egal. Ich kann sehr unauffällig sein.

Apropos harmoniesüchtig. Als ich so alt wie du war, also ich schätze so 17, 18, hatte ich eine Phase, wo ich alles ausgleichen wollte. Also alle Bewegungen zum Beispiel. Wenn ich etwa mit der rechten Hand eine Tür geöffnet habe, musste ich mit der linken danach auch die Klinke anfassen. Oder wenn ich schlafen wollte, und gerade auf der linken Seite lag, musste ich mich nach einer bestimmten Zeit auf die rechte Seite drehen. Und da in derselben Körperhaltung und genauso lange liegen wie auf der anderen Seite. Wenn ich das nicht gemacht habe, hatte ich ein richtig komisches Gefühl. Das ist aber jetzt, – zum Glück (!) – nicht mehr so ... Das war echt nervig damals.

Meine Eltern, also beide, Vater und Mutter, sind früh gestorben. Papa mit 62 an einer zu harten Leber. Und Ma, kurz darauf, also ein Jahr später, an einem zu weichen Herz. Ich war damals so um die 30. Ans Grab geh ich eher selten. Vielleicht mal um Weihnachten herum. Und rund um den 1. Mai. Das ist nämlich ihr Hochzeitstag. Ich lass das Grab von der Friedhofsgärtnerei betreuen. Ist ja sonst außer mir niemand da. Es gäbe da zwar noch eine Schwester. Aber ich kenn sie eigentlich nur vom Hörensagen. Sie war von klein auf irgendwo in einem Heim in Deutschland. Sie lebte ausschließlich für sich. Ganz in ihrer eigenen Welt. Autismus? Da oben hat sie's gut, das war alles, was Ma auf meine Fragen verriet. Da oben hat sie's gut.

Jetzt hab ich ja quasi auch meine eigene Welt, hier in meiner Schrebergartenhütte. Ich brauch nicht viel. Zum Anziehen hab ich einiges in einem Kasten hier gefunden. Dürfte von einem Mann, einem Bekannten von meiner Tante, einem Lebensgefährten womöglich, stammen. Was zum Lesen hol ich mir vom Altpapier, da finden sich immer auch ein paar Bücher. An persönlichen Sachen hab ich eigentlich nur noch meinen Ordner mit den Zeitschriftenbildern von meinen exotischen Reiseträumen.

Da in dem Ordner hab ich in einer eigenen Klarsichthülle auch alle meine Dokumente, die man braucht, um im Zweifelsfall beweisen zu können, dass man existiert. Und dann ist da noch mein schmales Briefmarkenalbum. So beschäftigt sich halt jeder anders mit dem großen Universum.

Hast du eine beste Freundin? Ich war immer der klassische Einzelgänger. Nur in der Maturaklasse hätte ich mich bald angefreundet. Er hieß Leopold Parahsel und musste die 8. Klasse wiederholen. Er war ein Fußballgott. Mein Gott, wenn ich denke, was der mit dem Ball konnte. Jahre später suchte ich noch in den Mannschaftsaufstellungen der Wiener Großclubs, Rapid, Austria, Wiener Sportclub und Vienna seinen Namen. Vergeblich.

Ich erinner mich. Er sog aus 100 Strohhalmen voll aus dem Leben, während ich nur einen hatte, und der war siebzehnmal geknickt. Der Parahsel besaß einen Plattenspieler, zwei Blazer, einen dunkelblauen, einen hellbeigen, zig Glockenhosen, und hatte zwei Freundinnen. Er war mir hundert Jahre voraus. Nach der Matura verlor ich ihn aus den Augen. Poldi Parahsel, Fußballgott. Keine Ahnung, was aus ihm geworden ist.

Ich hab im Laufe der Jahre einen richtigen Ekel vor Versäumtem entwickelt. Abscheu vor denen, die immer so unschuldig tun. Man steht nie ganz außerhalb aller Mitverantwortlichkeit. Man steht immer in Mitschuld jener Gesellschaft, der man angehört. Ich hasse diese Leute, die so unschuldig tun. Ob beim Einkaufen, wenn sie einem mit ihren Einkaufswagen gegen die Ferse rumpeln. Oder beim Fernsehen. Dieses unschuldige Gehabe angesichts der ganzen Katastrophen regt mich auf. So macht mich mein Bewusstsein zum Opfer, auch wenn meine Zentren am Rand liegen, hier in dieser Simmeringer Kleingartensiedlung. Wenn wir uns dereinst mit Engelsflügeln begegnen, werden wir wissen, was alles fehlgelaufen ist. Aber ich kann mich nicht wehren. Ich muss es hinnehmen. Ich kann im Moment nichts einordnen. Ich kann mich nicht einordnen. Eine neue Ordnung würde mir vielleicht helfen.

Verzeih, Lydia! Ich will nicht jammern. Ich sag mir immer: Beginne den Tag mit einem Lächeln, dann hast dus hinter dir. Ein Witz, verstehst du. Verstehst du, ein Witz. Manchmal hilft ein wenig Zynismus. Ob man will, oder nicht. Denk nur, wieviele Menschen dein ganzes, liebes Leben lang Spuren in dir hinterlassen. Es geht drunter und drüber in einem, ob man will. Oder nicht.

Ich rede zu viel. Du könntest zwei Geschwister haben. Mit der ersten Ex war's eine Frühgeburt. Zwei Stunden hat sie gelebt. Jetzt hat sie einen Namen, eine Geburtsurkunde, eine Sterbeurkunde. Und ein eigenes Grab. Stella steht auf dem kleinen Grabstein.

Die zweite Ex hatte eine Eileiterschwangerschaft. Große Krise. Die Muster immer dieselben. Die Muster der Trennung. Du redest so lange, bis du Recht hast, war immer der Anfang. Also der Anfang vom Ende. Und als alles vorbei war, alle Güter getrennt, alle Gefühle abgewürgt, ich mit nichts dastand, hieß es dann immer: Bist eh ein Lieber.

Die Frauen in meinem Leben sowieso ein eigenes Kapitel. Hier wollte Steller nun seinen Palaver mit Christa vonwegen X und Y, und die genetische Gleichung von Mann und Frau, die niemals aufgeht, aufgehen könne, einflechten. Wie man's auch dreht und wendet, kürzt und verschiebt.

Und dass die Frauen mir ihren beiden X quasi ein Reserverad für Notfälle parat haben, und damit zäher und ausdauernder sind, erwiesenermaßen auch eine höhere Lebenserwartung haben. Und dass die männliche, die ein-x-ige Ausführung für Defekte aller Art anfälliger ist. Steller formulierte, strich Füllwörter, suchte nach passenderen Ausdrücken, kürzte, und flickte Ergänzungen in die Satzgefüge.

So (!), rieb sich Steller die Hände. Weiter im Text:

Frauen! Nach diesen Episoden zeichnete sich das weibliche Geschlecht in meinem weiteren Leben eher dadurch aus, dass es Mangelware blieb. Im Moment bin ich dermaßen von meinen Empfindungen abgeschnitten, dass ich Gefühle nur noch denken kann. Jetzt häng ich in diesem Verkehrtmachen fest und weiß nicht, wie ich's geradebiegen soll. Man kann Pasta nicht in die Tube zurückstopfen.

In solchen Situationen sagt dann immer irgendjemand „reden wir". Reden wir über etwas anderes. Ich bin in einer Redenwirüberetwasanderes-Familie aufgewachsen. Folgerichtig waren dann auch alle Frauen in meinem Leben Redenwirüberetwasanderes-Frauen.

Meine Mutter sagte in solchen Fällen immer: Selber hoffen. Selber wünschen. Hauptsache selber. Sonst passiert das, was vorgesehen ist.

Apropos: Vorgestern schlich dieser Marlowetyp wieder herum. Und heute hat mich der Briefträger gesucht. Ein Einschreiben. Vom Gericht. Er liegt hier noch neben mir. Ungeöffnet. Ich weiß nicht, was das bedeuten soll. Was können die von mir wollen?

Ich könnte ihn sterben lassen ... schoss es Steller durch den Kopf. Dieser Seibold konnte ganz schön nerven. Schien in echte Schwierigkeiten zu kommen.

Um Stellers Hosenbein wischte etwas Weiches, zweimal, dreimal. Bleibdoch hatte offenbar Hunger. Na, dann los, war Steller froh über die Unterbrechung. Wir müssen einen Stock höher. Steller löffelte ein paar Kitekat-Brocken auf einen kleinen Untersatzteller und bot die Mahlzeit Bleibdoch an. Der Kater schnupperte gelangweilt, ließ das Futter Futter sein, strich noch einmal um Stellers Hosenbein. Hey, was ist? Hast du doch sonst immer ... – Da war Bleibdoch schon wieder fort.

Ich geh dann ... Marion machte Feierabend. Schönen Abend ... – und fahr vorsichtig. Mach ich, Cheffe, Ihnen auch ... schönen Abend!

Ich könnte ihn sterben lassen ... – Schon sechs Uhr. Die Post und die Raika auch schon geschlossen. Steller würde dann morgen schauen, was ihm der Raikaschorsch zu flüstern hätte. Für heute wollte Steller es mit seiner Schriftstellerei gut sein lassen.

Manuel. Mal sehen, ob er auf ein Trätschchen Zeit hat ...

Hallo, Steller! Setz dich da drüben hin. Ich bin gleich bei dir.

Steller nahm Platz vor einem der großen Spiegel. Und fand sich im Tabernakel der sich ins Endlose verlaufenden gespiegelten Spiegelbilder als sein eigenes Spalier wieder. Ein Chor von Manuels bediente ihn, brachte Kaffee, den er vor Engelbert auf die Ablage zwischen Föhn und diversen Wässerchen abstellte.

Was gibt's Neues, Amigo!

Ich könnte ihn sterben lassen ...!

Wen willst du killen (?), Steller, was hast du vor (?)!, lachte Manuel eine gespielte Entsetztheit.

Seibold.

Seibold (?)

Meine Romanfigur. Mein zweites Ich. Dann hätte die Schreiberei ein Ende.

Du machst Witze, Amigo ...

Wie üblich hatte er aufs Stichwort gleich selbst einen Witz parat. Warum öffnen Blondinen die Packung Orangensaft gleich im Ge- ...

Steller ließ ihn nicht ausreden. Weil „hier öffnen" draufsteht, nahm er Manuel die Pointe.

Spielverderber ...

Steller dachte bei dem Wort Spielverderber an Christa Krön. Oder besser: An diesen Aladin. Und ärgerte sich im selben Moment. Da hat der Mensch pro Tag durchschnittlich zwanzigtausend Gedanken. Fünfzehntausend unbewusste. Und fünftausend bewusste. Und ausgerechnet dieser Aladin fiel ihm jetzt ein. Steller lenkte sich ab. Ich hab auch einen ...

Was ist der Unterschied zwischen einer Frau und einem Tumor?

Tumor?

Ja, so ein Krebsgeschwür ...

Keine Ahnung, Steller ...

Der Tumor kann gutartig sein.

Beide brachen in brüllendes Gelächter aus. Manuel konnte sich gar nicht einkriegen. Weißt du was (?) Du ... du ... bist der Einzige ... tat er sich jetzt mit ganzen Sätzen schwer. Du bist der Einzige, der mit solchen Mundwinkeln, – und er fasste sich mit der Hand an den Mund, wobei Daumen und Zeigefinger die Mundwinkel nach unten zogen, – der mit solchen Mundwinkeln ... lachen kann.

Jetzt war kein Halten mehr.

Und so ging es mit den Witzen noch eine Weile hin und her.

13

Komm weiter, Engelbert! Raikaschorsch wies mit der Handfläche seines ausgestreckten rechten Arms auf eine gepolsterte Tür. Mit dieser ausladenden Geste lud er Steller in sein Büro: Schön, dass du so schnell kommen konntest. Wir müssen reden ...

Magst was trinken? Einen Kaffee?

Danke, gar nichts. Was gibt's denn so Dringendes, dass du mir gleich einen Brief schreiben musst ...(?)!, wollte Steller zur Sache kommen.

Es ist Folgendes ... Schorsch durchwühlte einen Stapel Akten. Ah, hier haben wir's .... also, Folgendes, ... er öffnete eine Mappe und begann Unterlagen zu sortieren ... dein Konto.

Was ist mit meinem Konto?

Naja, ziemlich im Minus. Und Eingänge sind ja selten, höchst selten. Heutiger Stand, tippte er auf dem Eingabenteil seines Laptops herum: Hier haben wir's: 7.472,18.

Aber das ist doch ohnehin mit der Hypothek besichert, ... oder (?)

Schonschon, aber ... wir sollten uns was einfallen lassen.

Und ich bin sicher, du hast auch schon eine Idee, richtig(?)!

Es ist Folgendes. Der ..., egal. Ich hätte einen Interessenten.

Wofür?

Für den hinteren Teil deines Grundstückes. Das ist jetzt eh, – und nimm mir das nicht übel, – eh eine Gstättn, also ungenützt.

Steller dachte kurz an Bleibdoch. Und?

Oben grenzt dein Grund an die Kirchenstraße, richtig?! Und da wollen sie ein Gesundheitszentrum hinbauen. So eine Art Praxisgemeinschaft mit so alternativem Zeugs. Du könntest einen guten Preis kriegen ... Und hättest ausgesorgt.

Ausgesorgt? Meinst(?)! Von welcher Summe reden wir denn ...?

Verkehrswert wären für die 400 Quadratmeter so um eine halbe Mille, setzte Raikaschorsch seine seriöseste Bankermiene auf.

Euro?

Euro!

Ich überleg mir das ...

Selbstverständlich.

... aber du kannst den ganzen Papierkram schon mal vorbereiten, tat Steller auf einsichtig. Die dazu notwendige Beherrschung bereitete ihm einige Mühe.

Draußen das vormittagsleere Bad Schlichting. Dass er selber nie auf die Idee gekommen ist ... Er eilte nach Hause in seinen Bücherturm. Er wollte Christa sofort ein Mail schreiben. Ob es nun Götter gibt, oder nicht. Sie meinen es gut mit mir. Steller war außer sich. Er konnte sein Glück nicht fassen.

14

Ich könnte ihn sterben lassen. Der Satz kreiste um Steller. Steller kreiste um den Satz. Das hieß: Es ging ihm gut. Ich habe ausgesorgt, mein Restleben ist gesichert.

Raikaschorsch wickelte das Nötigste, welches das Notwendige war, ab. Das Grundbücherliche. Das Finanzielle. Der Batzen Geld auf Stellers Konto entsprach einer sechsstelligen Summe.

Steller ging es gut. Steller sah keine Veranlassung mehr. Er breitete die Arme aus, drehte eine Pirouette nach der anderen. Dachte ab dem Moment keinen Moment mehr an Seibold. Alles drehte sich nur noch um ihn.

Marion sortierte die Bestände. Da das Glück. Da die Ratgeber. Bagger huben die Baugrube aus. Die Fundamente wurden gegossen. Die Betonmischer standen Schlange. Tagelang dieses Getöse, das Gestampfe bis spät nachts. Für Steller klang es nach Klingeln. So klingelt nur Bares, war er sich sicher.

Steller ging dieser Tage oft außer Haus. Meist dieselbe Runde. Über die sternförmige Brücke, die nach einer Automarke benannt ist, den Promenadenweg hinunter bis zum Schotterteich. Und, vorbei am Friedhof, zurück über die Zwickelstube, wo Steller dann immer gern eine Rast einlegte.

Es war Juni geworden. Immer um die Zeit ist es Juni, fiel Steller ein alter Witz ein. Die Luft war mild. Eine wohlige Weichheit, die Steller sonst nur von frisch bezogener Bettwäsche kannte.

Steller war übermütig. Er zog los. Und wie immer dachte er mit den ersten Schritten hin zur Brücke: Ich fang jetzt ein neues Leben an. Ein ganz neues, so als hätte es mich und mein welkes Bein bisher nicht gegeben.

Jeder von Stellers Schritten war nun eine Bitte an den Untergrund, ein Plädoyer an die Erde zur Abschaffung der Schwerkraft. Steller fühlte sich leicht. Sein Kopf sagte ihm vor: Gehe, gehe. Gehe bis ans Ende der Welt. Und Steller ging.

Jede Straße, kam es Steller in den Sinn, was er vor Jahren im Buch der Unruhe gelesen hatte, sogar die Straße von Entenpfahl oder -pfuhl, oder wie auch immer dieses Kaff heißt, führt dich an das Ende der Welt. Warum auch nicht der Promenadenweg in Bad Schlichting. Und du gehst und du gehst. Und dann bist du endlich am Ende der Welt. Und erst dann merkst du, dass es das falsche ist. Das falsche Ende der Welt. Denn vom Ende gibt es ja immer zwei.

Vor dem Hotel Post am Ortsausgang zählte Steller die Jahre. Den alten Kastanienbaum hatte man fällen müssen. Steller zählte die Ringe. Beim Gedenkstein für einen heimischen Naturkundler begann er die

Tage zu zählen. Und beim Friedhof angekommen, zählte Steller Jahre und Tage noch einmal.

Man muss dem Tod aus dem Weg gehen, wo auch immer man nur kann.

Die Abhänge tun unbeteiligt. Sie hängen schief an den Bergen runter. Am Fuß einer solchen Schräge liegt der Ortsfriedhof.

Sterben – der Tod. Da liegt schon etwas wie Ernst darin. Haltet die Welt an, dachte Steller. Ich will aussteigen. Man steht an Gräbern und denkt sich, warum hab ich jenes nicht gesagt, dieses unterlassen. Steller kam es vor, als hätten ihn all die Toten zu ihrem Klassensprecher gewählt. Steller wagte nur ein paar Schritte hinein in den Friedhof. Kreuze der verschiedensten Macharten standen herum. Und all die Sachen, die einen Friedhof zu einem Friedhof machen. Auf einem frischen Grab, hinter einem Berg von Kränzen, entdeckte Steller ein schlichtes Holzkreuz, auf dem ein Name provisorisch eingeritzt war. Steller trat näher, buchstabierte: G-r-ü-n-d-l.

Gründl war Lehrer. Er starb erst letzte Woche. Und früh an Jahren. Und ohne krank gewesen zu sein. Steller hielt das für eine Art Höchststrafe, die das Leben für einen bereit hält. Was, wenn einen das Leben ein ganzes Leben lang übersehen hat? Würde einen dann auch der Tod leichter übersehen?

Steller verließ den Friedhof, setzte seinen Weg Richtung Schotterteich fort. Was ist das, wenn der Tod eintritt? Was fürchten wir zu verlieren? Das Ich als Struktur? Das Denkmodell, den Gedankenwust, der sich zu einem Ichbins aufgeschwungen hat? Was soll's? Steller verfiel in eine schöne Teilnahmslosigkeit, die Friedhofsgedanken traten zurück in eine wohltuende, verhangene Blässe.

Es gibt Zeiten, da kann einem keiner was. Da sitzt man im Zentrum eines Riesenwattebauschs. Steller öffnete kragenabwärts zwei zusätzliche Knöpfe seines Hemdes, bot der Sonne Stirn und Brust, ließ die Wärme in seinen Körper kriechen. Er schloss die Knöpfe wieder. Steller hatte im Moment keine Verwendung für den Frühsommer.

Steller schüttelte sich seine Armbanduhr frei. Steller hatte Hunger. An der Tür zur Zwickelstube ein handgeschriebener Zettel: *Mittagessen von 12 bis 14 Uhr.* Die Tür war verschlossen, die Zwickelstube verwaist. Später sollte Steller erfahren, dass die Mitteilung *Mittagessen von 12 bis 14 Uhr* bedeutete, dass der Wirt zum Mittagessen gegangen sei.

Links vor dem Eingang stand ein Drehständer mit Ansichtskarten. Den hatte der Wirt offenbar vergessen. Oder aus Vertrauen in die Ehrlichkeit der Leute stehen lassen. Steller hatte plötzlich Lust, Christa Krön einen Gruß zu schicken. Er nahm eine Karte aus dem Rechen. Und wunderte sich, dass er ob des kleinen Diebstahls kein schlechtes Gewissen bekam. Selber schuld, was muss er auch Mittagessen gehen. Liebe Christa!, schrieb Steller. Heute ist so ein Heutedenkeichoftanchristatag. Ich hoffe, du hältst das aus. Lieben Gruß: Engelbert. PS: Ruf doch mal an ...

Bis in seine Bücherarche waren es jetzt nur noch maximal 12 bis 15 Minuten. Beim Gehen schaute Steller auf seine Schuhspitzen. Er machte das gern und immer öfter in letzter Zeit. So weiß er immer, sagt sich Steller, sagte sich Steller dann immer, wo es langgeht. Steller schraubte auch seinen Lesesessel oben in der dritten Schuhschachteletage am Fußboden fest. Er wollte schon immer einen fixen Platz im Leben haben, sagte sich Steller danach. Sagte sich Steller dann immer, wenn er den Sessel bewegen wollte und vergessen hatte, dass der ja festgeschraubt war. Auf der Post warf er die Karte an Christa ein. Die Marke sparte er sich. Porto zahlt Empfänger hatte er noch rasch zuvor über das vorgezeichnete Markenfeld gekritzelt.

15

Steller ging von Stock zu Stock, von Regal zu Regal, griff da ein Buch, pflückte dort einen Band, stellte ihn wieder zurück. Herumtrotteln nennt Steller dieses Vazieren durch alte und neue Literatur. Er hatte sich angewöhnt, die Bücher, bevor er sie aufschlägt, am oberen Schnitt abzublasen. Partikuläre Materie am falschen Ort, denkt er jedes Mal voller Verachtung, wenn er die Bücher vom Staub befreit. Immer, wenn Steller ein Gedanke kommt, muss er die Luft anhalten. Steller glaubt manchmal ersticken zu müssen. Jetzt atmete er tief und regelmäßig. Nichts ist in der Luft. Kein Geräusch. Kein Laut. Es ist sechs Uhr morgens. Sonntag. Keine Bauarbeiten. Kein Lärm. Auf einmal war alles schön. Steller nahm sich eine schöne Scheibe Knäckebrot, schmierte mit einem schönen Messer schöne Erdbeermarmelade darauf, legte das Brot auf einen schönen Teller, den er auf dem schönen Tisch abstellte.

Wie er dasaß, sein Brot verzehrte, sich nicht um die Welt scherte, und die Welt nicht um ihn, dachte er an Christa. An den Glücksabend. Sie hatte sich noch immer nicht gemeldet, ob dieser Aladin mitmachen würde, einen Text zum Thema zum Besten geben wollte(?). Die Plakate, die Einladungen müssten gedruckt, die regionale Presse informiert werden.

Wollte er das überhaupt noch? Wozu der ganze Aufwand? Dafür, dass dann vier, fünf Zuhörer ankämen? Nicht einmal mit den Leuten vom Bad Schlichtinger Schreibkreis könnte er wahrscheinlich rechnen. Die besuchten ja doch immer nur ihre eigenen Veranstaltungen.

Ja, aber er sollte Christa immerhin fragen, ihr eine Mail schicken. Steller fehlte etwas, wenn er eine Woche keine Nachricht von Christa erhalten hatte. Und ihm fehlte erst recht etwas, wenn er eine bekommen hatte. War das nicht schon so etwas wie eine Beziehung?

Ich mache mir zu viele Gedanken. Oder mein Kopf ist zu eng. Steller schaute Bleibdoch zu, wie er sich gegen sein Bein schmiegte. Steller dachte, dass es doch gar nicht so schwierig sei, zufrieden zu sein. Es hatte genügt, zuzuschauen, wie Bleibdoch sich gegen sein Bein schmiegte.

Steller trat aus seiner Bücherarche, schaute auf in einen dunkelgrauen Himmel. Seit drei Tagen hatte es ununterbrochen geregnet. Ein Pärchen ging einträchtig unter einem Schirm und ohne ihn zu beachten an ihm vorbei. Vermutlich zur Frühmesse. Er zu ihr: Du hast dein Herz am rechten Fleck. Steller schaute ihnen lange nach. Steller war froh, kein Pärchen zu sein.

Dass da etwas am rechten Fleck ist, hätte der Typ

auch vom Hintern seiner Angebeteten behaupten können. Die Gestalt des Mannes schien indes aus lauter Gelenken, Ellbogen, Knien und Knöcheln zu bestehen.

Engelbert ging ins Haus zurück. Sein Blick suchte Wände und Decken ab. Er tat dies automatisch, seit er die ersten Risse bemerkt hatte. Zwischen einem Yates und einem Cioran tat sich hinter dem obersten Regalfach im zweiten Stock an der Feuermauerwand ein circa 2 mm breiter und circa 10 cm hoher Spalt auf. Es war am 21. Juni. Steller wusste das Datum daher so genau, weil er am Abend zur Sonnwendfeier der hiesigen Bergrettung eingeladen war. Um 7:45 Uhr hatte der Sommer begonnen, da stand die Sonne im Zenit, erreichte sie bei 23 Grad und 44 Minuten ihren höchsten Stand. In Havanna, Assuan oder Taiwan würde ein senkrechter Stab zu dieser Zeit keinen Schatten werfen. Zeit und Ort im schattenlosen Einklang. Aber Steller befand sich in Bad Schlichting. Da scherte sich niemand um schattenlose Stäbe. Und schon gar nicht um alleinstehende Bücherfreaks.

Steller hatte die Veranstaltung bald verlassen. Er hatte nicht mehr länger ignoriert werden wollen. Ohne Partner ist man alleiniger als ohne ein Ziel im Leben. Man braucht aber auch Ziele. Ziele sind praktisch. Praktischer als Partner. Ziele kann man bequemer austauschen. Auf Ziele kann man leichter verzichten.

Wenn Steller sich nicht bewegt, sitzt er still da. Steller versucht dann immer glücklich auszusehen.

Ohne mich bin ich nur die Hälfte wert, überlegte Steller, überlegt Steller dann immer.

Engelberts Wünsche waren bislang auch immer so klein gewesen, dass er gar nicht bemerkte hätte, wenn sie in Erfüllung gegangen wären. Es gibt sicher Dinge über mich, die ich nicht weiß, dachte Steller. Aber Engel bin ich keiner. Und auch nicht für Wünsche zuständig. Schon gar nicht für meine eigenen.

Steller schrieb Christa ein Mail. Wegen des Glücksabends. Wegen Aladin. Und überhaupt. Er schrieb Hallo, liebe Christa, als ein heftiger Nordwind den offenen Fensterflügel hin- und herschlug. Steller beeilte sich, die Luken dicht zu machen. Ein Vormittagsgewitter war aufgezogen und brach nun mit aller Gewalt los.

Engelbert Steller stellte die Glotze an. Und geriet prompt in eine Seifenoper. Sie küssten. Sie betrogen. Sie stritten und fluchten. Steller war es, als hätte alles mit seiner Zukunft zu tun. Er beeilte sich, nichts zu denken. Sein Nichtdenken als Fußnote für alles, was da noch kommen sollte. Die Gegenwart hatte Christa ja abgeschafft. Steller schrieb am Mail weiter. Steller bat Christa Krön um baldige Antwort, am liebsten persönlich. Bei einem Treffen. Vielleicht im Traxelmayer? In der gewohnten Umgebung seines Stammcafés fühlte Steller sich Christa gegenüber weniger unterlegen.

Das mit dem Selbstbewusstsein sei so eine Sache, hatte ihm Christa einmal erklärt. Von sich weiß man so ziemlich alles. Also auch und vor allem seine

Schwächen. Von den anderen sieht man meist nur die Schokoladenseite. Hier das Schlechte, die Obergescheiten nennen das die negative Grundannahme, also das eigene. Dort das Gute, Schöne, das Strahlende der anderen. Da kann man sich dann schnell mies vorkommen.

In guten Gedanken. LG Engelbert. Steller klickte auf SEND. Und lehnte sich zurück. Sein Blick wanderte wieder über Wände und Decke. Wenn das Denken anfängt, wird alles immer gleich komplizierter, dachte Steller. Steller nimmt einen Schluck aus seiner schwarzen Jumbotasse. Steller sieht sein Auge im Tee.

16

Steller sah sich lieber weiterhin um. Spielte sein Restleben gerade Katz und Maus mit ihm? Er zerknüllte einen Zeitungsausriss und warf das Papierknäuel Bleibdoch zum Spiel vor. Dieser ließ sich jedoch bloß zu einem kurzen Antippen mit der Pfote hinreißen und verschwand, ohne sich noch einmal umzublicken, die Stiegen hinunter. Engelbert hob das Knäuel auf, strich es glatt. Und las die markierte Stelle eines Artikel aus der ZEIT: „So sitz ich zwischen meinen dunklen Wänden, und berechne, wie bettelarm ich bin an Herzensfreude, und bewundre meine Resignation." So hatte Hölderlin an seinen Freund Neuffer geschrieben. Und er selbst? Steller?

Er saß da und wartete auf das Antwortmail von Christa. Was bewunderte er?

Sein Leben kam ihm mehr und mehr als Erzählfragment vor. Der Autor seiner Lebensgeschichte hatte die Freude am Weiterschreiben verloren. Die Perspektiven waren verschoben. Die Erzählfäden ausgefranst. Steller befragte sich als 75-Jähriger. Und antwortete als 3-Jähriger. Engelbert sitzt am Fensterbrett der ebenerdigen, elterlichen Wohnung. Er hat einen Teddy im linken Arm. Und einen Schnuller im Mund. Mit dem rechten Zeigefinger wühlt er in seinem Haar, formt Büschel und dreht diese zu Kringeln. Haareraufen hatte seine Mutter das genannt. So ein großer Bub, und braucht noch einen Schnuller ... (!), ... – schwupp, ... – hat eine Passantin Kleinengelbert seinen Schnuller entrissen. Erst ist das Kind völlig erstarrt, dann heult es los und springt, – barfuß und nur mit seinem Pyjama bekleidet, aus dem Fenster. Hier riss der Film.

Sollte er am Seiboldtext weiterschreiben? Ein seltsames Spiel setzte ein. Je mehr Argumente ihm dafür einfielen, desto mehr fielen ihm gleichzeitig solche dagegen ein. Steller befragte seine Erwartungen. Steller befragte seinen Ehrgeiz.

So erzählte er sich selbst von seinen Unzulänglichkeiten, die er bisher als Geheimnis vor sich gehütet hatte. Die Pros und Contras gebärdeten sich als junge Katzen, die da in seinem Kopf ihr munteres Spiel trieben, während in einem anderen Teil seines Kopfes für jedes aufgedeckte oder eingestandene Geheimnis sich mehr und mehr Ängste breit machten. Das viele Geld. Sein Geld. Raikaschorsch tat ja so, als gäbe es keine Krise. Keine Wirtschafts-, keine Banken- und keine Wasauchimmerkrise. Vielleicht existierte die Krise ja nur in den Köpfen? Und dann wäre möglicherweise nur die Krise in der Krise ...

Steller wollte dem Raikaschorsch einen Besuch abstatten. Gleich Montag Früh nahm er sich vor, vorbeizuschauen. Die mickrigen Prozente, für die der

Schorsch ihm sein Geld veranlagt hatte, ja ein Witz. Christa hatte geantwortet. Dienstag, so gegen 16 Uhr könnte sie es sich einrichten. Das Café Traxelmayer sei OK.

Die Hände wussten, was zu tun war. Und Stellers Kopf widersetzte sich nicht. Er nahm sich den Seiboldtext vor, durchstöberte einzelne Dokumente. Las. Las immer wieder. Und mit zunehmender Freude. Der Entschluss war gefasst: Ja, er wollte die Geschichte, die Seiboldgeschichte, seine Seiboldgeschichte zu einem Ende bringen. Das Wollen war weg. Und das Nichtwollen auch. Das laute Reden war falsch. Und das Schweigen auch. Die besten Voraussetzungen also, befand Steller, sich wieder dem Geschriebenen zu widmen. So ein Doppelleben hatte ja auch Vorteile. Ein Dasein. Zwei Leben. Eines nach außen. Eines nach innen. Das nach außen ein Spiegel. Das nach innen ein Schwamm. Ein Werk über die Einbildungskraft, losgelöst, völlig losgelöst von all dem Erdigen, dem ganzen Dreck des Irdischen, schwebte Steller vor. Ein Zitat fiel ihm ein, das er einmal abgeschrieben, feinsäuberlich in sein Notizbuch übertragen hatte. Wie ging das bloß gleich. Steller blätterte seine Aufzeichnungen durch. Und wurde prompt fündig:

Was mir schön erscheint und was ich machen möchte, ist ein Buch über nichts, ein Buch ohne äußere Bindung, das sich selbst durch die innere Kraft seines Stils trägt, so wie die Erde sich in der Luft hält, ohne gestützt zu werden, ein Buch, das fast kein Sujet hätte oder bei dem das Sujet zumindest fast unsichtbar wäre.

Gustave Flaubert stand daneben noch hingekritzelt. Von Flaubert also stammte dieses Zitat.

Ach, Sujet hin. Sujet her. Er wollte einfach wieder drauflosschreiben. Und nur einmal sehen, welche Richtung Seibolds Leben nähme. Er wollte sich überraschen lassen. Vielleicht würde Steller seinen Seibold verschwinden lassen. Ihn rausnehmen aus dem Spiel, das da Leben heißt. Und ihn sich so in Luft auflösen lassen. Auch eine Form von Unsichtbarkeit, wenn man niemandem abgeht, man aus der Gesellschaft fiele.

Ich denke, dachte Steller, dass jetzt alles wieder mehr Sinn macht, was ich mache. Er wusste nicht, dass das auch schon vorher so war, bevor er den Flecken Grund verhökert hatte.

Steller verbrachte eine unruhige Nacht. Selbst das Selbsteln brachte dieses Mal keinen Schlaf. Steller musste dann frühmorgens doch noch für etwa zwei Stunden weggedöst sein. Steller schlug irritiert die Augen auf. Und sah in eine Welt in der Gewissheit, dass es eine Welt ohne ihn war. Er sah mit Augen, die nicht die seinen waren. Als sei alles Wahrgenommene aus Antimaterie, die im Aufeinandertreffen mit der eigentlichen Wirklichkeit mirnichtsdirnichts verpufft, sich in Nichts auflösen würde. Steller erlebte seine Nichtexistenz. Ein schreckliches Gefühl. Er nahm eine ausgiebige Dusche.

Montag. Die Woche lag als Brachland vor ihm. Und hielt eine Menge an Überraschungen bereit. Als Erstes wollte er dem Raikaschorsch einen Besuch abstatten.

Vielleicht solltest du wieder in Grund und Boden investieren. Zumindest einen Teil, die Hälfte vielleicht.

Papiere?

Nein, Engelbert. Ich hätte da am Hinterersee, da beim Campingplatz in der Nähe, ein echtes Schnäppchen. Du kennst vielleicht den kleinen gemauerten Kiosk bei der Bushaltestelle. Früher eine Imbissstube, so eine Art kleiner Minimarkt für die Camper. Das Grundstück hat die Gemeinde zum Verkauf ausgeschrieben. Ca. 440 m^2. Ein Grund hat viel Fantasie, wenn du mich fragst. Also wenn ich du wäre ...?

Ich überleg's mir. Ich komme am Nachmittag wieder, in Ordnung(?)!

Klar, ich bin da.

Es regnete immer noch in Strömen. Pünktlich mit dem Sommerbeginn hatte erst die Sintflut und dann der Sommerschlussverkauf eingesetzt. Beim Schmögner in der Schobersbergerstraße hingen die weißen SSV-Fähnchen als traurige, nasse Lappen von der Fassade. In Teilen von Ober- und Niederösterreich war es zu ersten Überschwemmungen gekommen. Auch der Hinterersee war an seinen flachsten Stellen über die Ufer getreten. Und die Schlichting, Zu- und Abfluss des Hinterersees, war zu einem wütenden Gebirgsbach angeschwollen. Die Wassermassen strudelten dahin, einzig mit dem Ziel befasst, sich ausgelassen zu geben. Zillen hatten sich von ihren Anlegestellen losgerissen. Und mussten nun von den Booten der Wasserfeuerwehr geborgen werden.

In der Bücherarche wartete bereits Marion auf ihn. Sie hatte ebenfalls eine Neuigkeit für Steller. Sie druckste etwas herum, um dann loszulegen: Ich kündige, Cheffe, mit 1. Juli. Also nicht, dass Sie … also, Sie wissen ja, meine Eltern haben in Schobersberg diesen Laden … von Zigaretten bis zu Klamotten gibt's da alles … und jetzt hatte ich die Idee, also ich werde da einen Büchershop einrichten … so quasi einen Shopimshop.

Marion war sichtlich froh, dass gesagt war, was zu sagen war. Und schaute nun Steller voller Erwartung an.

Hey, toll. Ich gratuliere. Toll. Ich freu mich für dich!

Jetzt freute sich auch Marion. Und was wird aus unserem Glücksabend. Den organisier ich schon noch fertig, oder(?)!

Hat sich wahrscheinlich erübrigt. Ich treff mich morgen mit Frau Krön. Wir werden es wahrscheinlich bleiben lassen.

Schade. Warum denn, Cheffe?

Mal sehen. Noch ist ja das letzte Wort nicht gesprochen …

17

Er würde dem Raikaschorsch zusagen, das Grundstück erwerben. Er würde gleich nach der Mittagspause vorbeischauen und ihm Bescheid sagen.

Steller machte sich schon etwas früher auf den Weg. Er konnte nicht widerstehen. Er hatte beim Schmögner in der Auslage einen Anzug in einem hübschen Gespenstergrau für 199 Euro gesehen ... Kann ich den mal probieren?

Den nehm ich, trat Steller entschlossen aus der Umkleide. Und sah neugierig seinem sich nach allen Seiten drehenden Körper im Spiegel zu.

Darf's noch Hemd und Krawatte dazu sein?

Es durfte.

Raikaschorsch erlebte einen aufgeräumten Steller. Er konnte sich nicht erinnern, Engelbert je so guter Dinge gesehen zu haben. Wir machen das Geschäft! Du bereitest alles vor, den ganzen Papierkram. Und ich unterschreibe.

Guuuut. Dann bräucht ich noch diese Vollmacht von dir, schob Raikaschorsch Steller ein Formular über den Tisch, das dieser blind unterschrieb. Guuuut, kam nochmals dieses Marathon-U.

Nächste Woche Mittwoch ... Dann ist alles unterschriftsreif. Ich ruf dich an.

Steller fühlte sich auf angenehme Weise verwirrt. Er hatte das noch nie erlebt. Und er wusste daher auch nicht, wie diese Aufregung zu benennen war. Er nahm es sich für den Nachmittag als Übung vor, dieses Gefühl zu beschreiben, zu umschreiben. Als Einübung für die Fortsetzung zu seinem Seibold. Wahrscheinlich brauchte es diesen Abstand. Im Grunde ist das ja alles verrückt. Wir sehen am Klarsten in einem großen Abstand. Einen schönen warmen Sommertag beschreibt man am besten an einem klirrend kalten Wintertag. Kälte und Klarheit, glaubt man Thomas Bernhard, gehören ja sowieso zusammen. Denn mit der Klarheit, so Bernhard, kommt die Kälte. Seltsam. Aber gäbe es nichts Seltsames, gäbe es nicht die Wirklichkeit. Und umgekehrt: Ohne Wirklichkeit gäbe es auch nichts Seltsames.

Aber erst war einmal ein Mittagsschläfchen angesagt. Steller war im Begriff, seiner eigenen Begeisterung mit Begeisterung auf den Leim zu gehen. Die Wirklichkeit in die Ordnung der Wörter hineinstellen. Ja. Das ist Glück. Das muss Glück sein. Darüber döste er weg.

Der seichte Schlaf hatte ihn müder als zuvor gemacht. Sie sind selten, Steller! Wissen Sie das? Echt selten. Engelbert stand im Bad. Und betrachtete wieder einmal sein Konterfei. Du bist der Einzige, der mit solchen Mundwinkeln, – und Steller griff seinem Spiegelbild an den Mund und zog mit Daumen und

Zeigefinger die Mundwinkel extrem nach unten, – der mit solchen Mundwinkeln lachen kann. Entschlossen beendete er das Gespräch mit sich. Und hockte sich vor den PC. Im Radio liefen die Nachrichten. Michael Jackson war gestorben. Steller klinkte sich in seinen Seiboldtext ein. Das, was er las, kam ihm vertraut vor. Sehr vertraut. Fast vertrauter als all das, was in letzter Zeit sein eigenes Leben bestimmt hatte.

Der Regen hatte ausgesetzt. Der Himmel lichtete sich. Und kurz brach sogar die Sonne hervor.

Steller schrieb:

Manchmal frage ich mich, wozu und vor allem für wen ich das alles hier aufschreibe. Ich hab auch schon übers Meldeamt versucht, deine Mutter ausfindig zu machen. Aber sie wird jetzt anders heißen, einen anderen Namen haben. Geheiratet haben wahrscheinlich. Ich hoffe, du hattest einen Ersatzpapa, der es gut mit dir meinte. Jetzt tröste ich mich damit, dass, wenn ich nicht mehr sein werde, vielleicht die Behörden dich über die Verlassenschaft ausfindig machen können. Und du diesen meinen Brief dann doch noch bekommst.

Der blaue Brief war vom Gericht. Sie haben mir jetzt einen Sachwalter vor die Nase gesetzt. Und mich einer betreuten WG zugewiesen. Jetzt denke ich mir, es wäre das Beste, ich würde von niemanden gekannt werden. Und würde umgekehrt niemanden kennen. Man müsste aus dem eigenen Leben austreten können, um dann wohlbehalten wieder zurückzukehren, um von allem Ende an neu zu beginnen.

Stör ich, Amigo? Manuel stand hinter Steller.

Mein Gott, hast du mich erschreckt ...(!), nein ... komm nur. Wie geht's?

Einsplus, kam's von Manuel.

Und die Geschäfte ...(?)

Solala, eine Dreiminus ..., höchstens ... bei dem nassen Wetter hat niemand Bock auf Friseur.

Manuel war jetzt seit kurzem mit der jungen Lehrerin, der Nachfolgerin von Gründl, zusammen. Fragen beantwortete er nur noch im Schulnotensystem. Alles war jetzt nur noch Sehrgut für ihn. Oder eben Einsplus oder Dreiminus.

Hey, ich hab gehört. Gratuliere, ... du und diese ... Astrid (?), Alina ...(??) ... Anna (???)

Astrid! Astrid stimmt schon.

Weißt du was, ich hab heute Lust auf eine Frisur. Wir gehen rüber. Und du erzählst mir alles. Manuel blieb kurz die Sprache weg. Aber nur kurz. Dann war er nicht mehr zu stoppen.

Mach, wie du glaubst. Manuel legte los. Wusch, schnitt, föhnte, rasierte. Synchron dazu stimmte er seinen Lobgesang auf Astrid an. Sie sei wunderbar. Er könne viel von ihr lernen, schwärmte er. Von ihrer Zuversicht. Ihrem Zutrauen. Und vor allem von ihrer Demut, Demut vor allen schönen Dingen des Lebens.

Dann endlich umkreiste ein Handspiegel Stellers Kopf. Na? Wie findest du's? Chic. Ein neuer Engelbert Steller. Ein ganz neuer Engelbert Steller. Findest du nicht auch?

Danke, Manuel, befand Steller nüchtern. Und ohne innere Beteiligung. Gewöhnungsbedürftig, in jedem Fall gewöhnungsbedürftig. Aber es klang nicht unzufrieden.

Steller musste sein eigenes Schweigen aushalten. Stille. Er schaltete den PC ein. Das leise Surren ließ Steller an ein Rascheln denken. An verschlissene Illusionen? Steller durchforstete die eingegangenen Mails. Marion hatte eine Einladung zur Eröffnung ihres Buchladens geschickt. Samstag, 18 Uhr ... – open end. Und so hieß er auch, Marions Laden. *Open End, Literatur und mehr. Ihr Buchladen in Bad Schobersberg.*

Da war sie wieder, diese Beklemmung. Der Gedanke an eine gesellschaftliche Verpflichtung, Verpflichtungen, welcher Art auch immer, sei es die Teilnahme an einer Beerdigung, ein geschäftliches Gespräch oder ein Gang zum Bahnhof, um dort jemanden, den man kennt oder nicht kennt, in Empfang zu nehmen – oder nun diese Eröffnungsfestivität, – allein der Gedanke daran bringt Steller einen Tag lang, bisweilen bereits am Abend zuvor, aus dem Konzept; er schläft schlecht, und wenn es dann wirklich so weit ist, verläuft alles völlig problemlos, und die Aufregung erweist sich als absolut unnötig; aber jedes Mal ist es wieder dasselbe, ich werde nie lernen, etwas daraus zu lernen, dachte Steller. Denkt Steller dann immer.

Steller stand da als sein eigenes Denkmal. Er überließ sich seinen Gedanken, malte sich Szenarien für Samstag aus. Steller merkte, dass er kein Bild von einer Partnerin hatte. Von einer Partnerin als solchen. Mehrere Ansichten stritten um die Vorherrschaft. Bedächtig schritt er die Stufen in den zweiten Stock hinauf. Er spürte eine Erregung, bis er merkte, dass er selbst diese Erregung war. Er würde Christa Krön am Nachmittag treffen. Er würde den neuen Anzug nehmen, sie mit seinem neuen Outfit und der neuen Frisur überraschen. Er stieg weiter in den dritten Stock hinauf. Hielt kurz inne. Seine Erinnerung holte ein Bild hervor. Ein Turm. Ein Sprungturm in einem Freibad. Er wollte ein Mädchen beeindrucken. Sprang vom Fünfmeterbrett. Eine Variante aus dem Handstand sollte es werden. Er blieb am Brett hängen. Er wusste selbst nicht, wie er im Wasser angekommen war. Eine Schwimmerin machte ihn dann aufmerksam. Alles Wasser um ihn herum war rot gefärbt. Er hatte sich aufgeschürft. Genau an jener Stelle, wo Selbstmörder die Klinge ansetzen. Steller unter Schock zum Bademeister, der sofort einen Pressverband angelegt. Noch heute sieht man die Narbe an Stellers linkem Handgelenk.

18

Der neue Steller trat auf die Straße. Der Steller im neuen Anzug. Der Steller mit neuer Frisur. Wie er sich da zuvor im Spiegel betrachtet hatte, sah er eine Ähnlichkeit mit Donald Sutherland. Er fühlte sich gut. Sehr gut. Er fühlte sich als Sonntagsmensch unter all den Dienstagsleuten. Er freute sich auf das Treffen mit Christa. Hubert, der Buschauffeur, kam ihm entgegen. Stellers Gruß ging ins Leere, blieb unbeantwortet. Auch Leo, der Briefträger schaute verwundert, als Steller ihm freundlich zunickte. Ich bin's, der Engelbert, wollte ihm Steller schon nachrufen. Unterließ es dann aber.

Im Traxelmayer steuerte Steller auf den Tisch neben der Zeitungsablage zu. Er stutzte, wandte sich noch einmal um. Was war das in der großen Verkaufsvitrine im Eingangsbereich? Zwölf verschiedene Tortensorten waren zu einem ganzen Tortenrund arrangiert.

Christa Krön trat an seinen Tisch. Zaghaft. Bist du's, Steller?

Frau Krön, es ist mir eine Ehre! Gestatten, Steller, Engelbert Steller, tat er auf Schönerfremdermann.

Hey, was ist in dich gefahren? Lass dich ansehen ...

Setz dich mal, bevor noch alle Leute schauen ...

Chic, echt chic, mein Lieber! Macht sich gut, der neue Steller ...

Christa Krön nahm Platz. Ihrem Zeremoniell folgend schlugen sie automatisch zur gleichen Zeit ein Bein über das andere. Christa Krön trug eine hellbeige Bluse mit einem Stehkragen, die sie bis zum Hals zugeknöpft hatte. Und die alle Artigkeit der Welt, besonders jene vergangener Jahrhunderte versinnbildlichte.

Steller sah die Krön aufmerksam an, als müsste er sie auswendig lernen. Als er sie zu Ende betrachtet hatte, fühlte er sich etwas erschöpft.

Du, wegen unseres Glücksabends ... wandte er sich, nachdem sie bestellt hatten, an Christa.

Also, der Aladin ... wie soll ich sagen ... suchte die Krön einen Anfang.

Ja?!

Wir ... Wir sind nicht mehr zusammen.

Wie? Ja was? So schnell? Das tut mir aber leid. Tut's ...(?) ... tut's sehr weh?

Halb so schlimm ...

Klingt nicht ganz überzeugend ... Aber glaub mir, du kannst dir sicher sein, ich fühl mit dir. Ich weiß zwar nicht genau, was du fühlst, aber ...

Lass es gut sein.

Wie auf Bestellung kam in die entstandene Pause hinein die Bestellung.

Wegen des Glücksabends, ... mach dir keinen Kopf. Ich wollt eh vorschlagen, dass wir's sein lassen. Mich freut's nimmer. Sagen wir's ab, was meinst du?

Meinetwegen. Mir soll's recht sein.

Dem Räuspern von Engelbert folgte jenes von Christa. Und dann eine Pause.

Darum sagte Steller, um nur irgendetwas zu sagen, was sagst, Michael Jackson ist gestorben.

Ja, ich hab's gehört. Armer Teufel. So endest wohl nur, wennst keine Kindheit gehabt hast. Wenn du niemals erwachsen werden konntest. Neverland ... fügte Christa Krön noch hinzu.

Geht er dir sehr ab?, wollte Steller wissen.

Wer? Der Jackson?

Blödsinn. Natürlich dein ... dein Aladin?!

Iwo, ich steiger mich da immer in etwas hinein, ich glaub, ich gehör auch zu denen, die immer nur ins Verliebtsein verliebt sind. Naja, so ein bisschen eine Leere ist jetzt schon da.

Ich mag die Leere ... wenn nichts geschieht ... wenn nichts mehr verschwinden kann ... versuchte Steller es mit ein wenig Privatphilosophie.

Das sagst ausgerechnet du. Du, der du in deiner unbesuchbaren und unbewohnbaren Bücherarche lebst.

Ach was, man darf sich ja noch an Idealen versuchen. Die Leere war schon immer ein Ideal für mich. Wenn alles leer, ausgeräumt, unverstellt ist, ist auch die Chance am größten, dass etwas Neues beginnt. Keine Möbel. Nur noch Türen. Wenn eine zugeht ...

... geht eine andere auf, ergänzte Christa Stellers Gedanken. Naja, jetzt sind wir aber in einer ziemlich billigen Schublade gelandet.

Vergiss es, ich wollte ...

Ich weiß, ist ja auch ganz lieb gemeint. Und sie drückte ihm einen gehauchten Kuss auf die Wange.

Steller erschrak, zuckte etwas zusammen. Er kam sich vor, als hätte er etwas verfehlt, ohne je gezielt zu haben.

Was Anderes, lenkte Christa von Stellers und ihrer Verlegenheit etwas ab. Deine Marion ... eröffnet bei uns in Bad Schobersberg einen Büchershop.

Ja, hab die Einladung heut bekommen. *Open End*, das kann nur der Marion einfallen.

Und? Kommst am Samstag zur Eröffnung?

Weißt eh, ist nicht meins, so ein Auflauf. Ich hasse das. Aber was soll ich machen, mir wird nichts Anderes übrigbleiben ... fürchte ich.

Apropos. Hast wieder was geschrieben. Hab schon lang nichts mehr zum Lesen bekommen.

Ich möcht's wieder angehen. Möcht schauen, wie das alles endet mit dem Seibold.

Ach so, gibt's noch keine Pläne, wie es ausgeht?

Nicht wirklich. Ich vertrau der Geschichte, dass sie ihr eigenes Ende findet. Jetzt ist er erstmal in einer betreuten Sozial-WG gelandet. Und hat einen Sachwalter vor die Nase gesetzt bekommen. Schaumamal.

Na, das sind aber nicht gerade rosige Aussichten ...

Tja, wie das Leben so spielt ... Literatur ohne den Makel der Wirklichkeit ... Das fehlte noch!

Sieht aus, als ging's jetzt für deinen Seibold ums Ganze, konstatierte Christa Krön, ganz Analytikerin.

Das Ganze??? Was soll das sein?

Na, das sagt man doch so. Es geht ums Ganze ...

Es geht nie ums Ganze. Es sieht vielleicht nur so aus. Hast du da vorne in die Vitrine hineingeschaut. Und als Christa stumm verneinte: Zwölf verschiedene Tortensorten zu einem Tortenrund, zu einem Ganzen arrangiert. Du verstehst, was ich meine? Das Ganze, das alles zusammengesetzt, Stückwerk. Das Leben, das Schreiben ...

Herr Steller sind heute mal wieder besonders spitzfindig ...

Hast du dich zum Beispiel noch nie gefragt, ob man dem Beschriebenen etwas nimmt, wenn man es beschreibt?

Halt. Stopp. Jetzt wird's mir zu hirnig ...

Cognac?, lachte Steller. Und ohne Christas Antwort abzuwarten, rief er der Bedienung zu: Zwei Cognacs, bitte! Große!!!

Hast du dich eigentlich nie literarisch oder so versucht?, machte Steller Frageaugen.

Nicht wirklich. Vielleicht ein paar Gedichte, so in der Pubertät.

Ich hab unlängst ein Interview mit einer amerikanischen Autorin gelesen, die meinte, Schreiben sei wie Kofferpacken.

Interessanter Vergleich, ging Christa Krön sofort auf das Bild ein. Das nötige Einpacken, Klimbim draußenlassen, dann doch manch Unzweckmäßiges mit hinein, umschichten, bis alles eingeschlichtet und untergebracht ist, bis dass der Deckel zugeht.

Schlichten ist immer gut ..., grinste Steller.

Na denn Prost, ließen er und die Krön die Schwenker klirren.

Vielleicht les ich ja mal Koffergedichte von dir. Volle Koffer. Lyrik von Christa Krön, hatte Engelbert gleich einen Titelvorschlag.

Oder vielleicht: *Glück ist immer das, was kommt. Von der Abschaffung der Wirklichkeit.* Koffergedichte von Christa Krön und Engelbert Steller.

Besser die Gedichte sind von uns als von Koffern. Sie lachten, tranken, bestellten, tranken, witzelten, und hatten Freude aneinander.

Was schenken wir eigentlich Marion (?), fiel Christa Krön ein.

Wir schenken ihr unseren Band Koffergedichte.

Nein, im Ernst ...

Das ist mein vollster Ernst. Wär doch gelacht, dass wir bis Samstag nicht ein paar lausige Gedichte zustande bringen. Fräulein, noch zwei(!!). Lass uns am besten gleich beginnen ...

Die binden wir hübsch, so mit Fadenheftung, ein nettes, bedeutungsschwangeres Cover. Und fertig ist die abgeschaffte Gegenwart.

Spinner! Aber ich geb's zu, das hat was ..., zeigte sich nun auch Christa Krön von der Idee zusehends angetan.

Wir müssen die Auflage erhöhen. Eins für uns. Und noch eines zum Einreichen. Vielleicht kriegen wir ja noch einen Preis. Oder ein Stipendium. Also fünf Exemplare brauchen wir in jedem Fall von unserem Erstling.

Auf unseren Erstling, Frau Lyrikerin! Prösterchen. Du mailst mir bis ... was haben wir heute?

Dienstag!

Du mailst mir bis Donnerstag zehn bis fünfzehn Gedichte. Dazu ein paar Ergüsse von mir. Und dann mach ich bis Samstag was Schmuckes draus, wirst sehn. Abgemacht(?)!

So machen wirs, mein Lieber!

Steller sah aus, als würde er nachdenken. Er schaute an Christa Krön vorbei, hinaus Richtung Tortenvitrine.

Früher hatte er immer gedacht, dachte Steller, es sei vergeudete Zeit, mit einer Frau zusammen zu sein, ohne dabei an Sex zu denken. Aber heute. Heute, hier und jetzt. Was hätte daraus werden können? Die Vorstellung davon machte Steller mehr Angst als wenn es passiert wäre.

Steller? Hallo ...

Entschuldige, ich hab mir gerade vorgestellt, wir als gefeierte Lyrikstars ... log Steller.

Sie lachten.

Na dann, sah Christa Krön entschlossen auf ihre Uhr. Schon sieben, ich sollte dann mal wieder ...

Übrigens: Soll ich dich am Samstag abholen ...(?)

Naja, wäre nett. Wenn's dir nicht allzu viele Umstände macht.

Macht es nicht. Halb sechs(?)!

Steller begleitete Christa Krön noch zum Auto. Komm gut heim.

19

Steller schlenderte nach Hause. Er könnte hier abbiegen. Oder hier. Je nachdem würde der Abend ausfallen. Steller fühlte sich inspiriert. Wie immer nach Treffen mit Christa Krön. Er ging direkt nach Hause. Er wollte an seinem Seibold weiterschreiben. Nebenher, hoffte er, würden ja vielleicht auch noch ein paar Gedichte abfallen ...

Sie werden es nicht leicht haben mit mir. Der Satz war Steller schon im Traxelmayer eingefallen. Was wusste Steller schon von betreuten WGs? Steller schrieb:

Nach drei Wochen hab ich mich hier einigermaßen eingewöhnt. Ich hab hier mein eigenes Zimmer. Und alles, was ich brauche. Geld? Zehn Euro lassen sie mir für die Woche. Was soll's? Wofür sollte unsereins schon zehn Euro ausgeben? Manchmal, wenn ich ins Bett gehe, dann kicher ich wie ein kleines Kind und rolle mich strampelnd und zappelnd in meine Decke ein und sage laut „Ich liebe mein Bett".

Lilly, eine der Mitbewohnerinnen, die mag ich. Sie hat mal in einer Großküche gearbeitet. Und sie kocht für uns. Sie ist ständig am Singen. Immer denselben

Text. Dauernd singt sie *Ich hätt so gern eine eigene Wohnung.* Diesen einen Satz singt sie zu allen möglichen Melodien. Vom *Donauwalzer* bis zu *Alle meine Entlein* hat sie alles drauf. Erst gestern glaubte ich, *Like a Candle in the Wind* erkannt zu haben. Ich hab sie darauf angesprochen. Ach so, meinte sie. Ja, habe ich gesagt, Elton John hat es Marilyn Monroe gewidmet gehabt. Bis dann Lady Di umgekommen ist. Dann hat er's geschwind der Prinzessin gewidmet. Das ist wie Verrat, hab ich zu Lilly gesagt. Ich kann mich da furchtbar aufregen. Manchmal kauf ich für Lilly Zigaretten. Camel Light. Wozu sollte ich mir auch die zehn Euro pro Woche aufsparen? Lilly mag ich.

Den Max, zum Beispiel, den mag ich weniger. Der hat so eine Digitalkamera. Geht herum, schaut in alle Zimmer, – ohne anzuklopfen (!), und fotografiert alles und jeden. Das nervt. Manchmal denke ich mir, wir gleichen denen, die wir nicht so mögen, mehr als wir denken. Und so meinen wir, dass wir denen, die wir lieben, nie ganz nah sind. Egal. Dir, liebe Lydia, glaub mir, bin ich nah. Ganzganz nah.

Meine Ängste hab ich jetzt auch ganz gut im Griff. Ich muss jetzt seit kurzem regelmäßig so ein paar bunte Dinger schlucken. Seitdem ist alles ein wenig leichter. Ich bin jetzt beruhigt, wenn die Angst kommt. Wenn sie bei mir ist, kommt mir vor, habe ich sie dann nicht mehr, die Angst. Einmal so. Einmal so.

Im Großen und Ganzen komme ich, wie gesagt, ganz gut zurecht hier mit allem. Einmal so, und dann wieder so, ist ja noch lange nicht schizophren. Schließlich werden wir ein Leben lang vom Schwarzweiß des Normalen beherrscht. Farbe ist ja bloß ein Unglücksfall, der es auf nichts Spezielles abgesehen hat. Außer uns abzulenken von den Gegensätzlichkeiten. Geburt – Tod. Glück – Unglück. Lust – Verzicht.

Ein Teil von mir zum Beispiel mag es, wenn alles gelingt. Ein anderer Teil von mir mag es wiederum, wenn nicht alles so glatt läuft. Wer will das schon. Entweder Zumutung. Oder Liebe. Oder eine Zumutung, die wir lieben. Oder ein Entweder, das man sich zumutet. Oder ein Oder, das wir lieben. Ach was. Wenn man schon. Dann sollte man. Bestehen und genügen. Vor anderen bestehen, indem man sich selbst genügt. Den anderen genügen, weil sie vor sonst niemandem bestehen. Sich dann schleunigst auf sich selbst besinnen. Und ab. Ab durch die Mitte.

Liebe Lydia, ach was, was mach ich mir groß Gedanken. Vonwegen, ob es dich gibt, ob dich dieser Brief überhaupt je erreicht. In einem Gedicht hab ich mal gelesen:

Nimm mich mir. Und gib mich ganz zu eigen dir.

Ich hab mir's vor Jahren aufgeschrieben. Leider nicht, von wem es ist. Ich trag's seitdem immer bei mir. Jetzt gehört der Satz dir.

Ich hab dich lieb. Sehr lieb. Dein Vater.

PS: Die Adresse, wo du mich finden könntest, sollte es dich geben, solltest du mich finden, solltest du mich finden wollen, und sollte es mich dann noch geben, steht hinten am Kuvert ...

War's das (?), dachte Steller, sicherte. Und lehnte sich zurück. War's das mit Seibolds Lebensgeschichte? Er ließ es erst mal so stehen, schickte das Geschriebene Christa Krön per Mail. Und dazu die Bitte, nicht auf die Lyrik zu vergessen. Je früher, desto lieber.

20

Samstag, der *Open End*-Abend. Pünktlich um halb sechs stand Christa Krön vor Stellers Bücherarche. Taxi, rief sie zur offenen Tür hinein. Komme, kam es prompt zurück. Oh, Herr Steller, Sie sehen heute ja wieder ...

Na, wie (?), ... sag schon ...(!)

So anders, so neu aus.

Hast du den Gedichtband, unseren Gedichtband ...(?)

Natürlich. Hier. Hübsch verpackt, hielt er das Geschenk vor Christas Nase. Moment! Sie verließen gerade die Bundesstraße, bogen in die Abfahrt nach Bad Schobersberg ein. Christa hielt an. Hast du eins zum Anschauen?

Hier bitte, dein Belegexemplar, tat Steller ganz auf beflissen. Die Krön blätterte, überflog die eine oder andere Seite, murmelte da und dort amüsiert eine Zeile und bedankte sich mit einem anerkennenden „Gut gemacht, Steller!“.

Christa fuhr wieder los. Hier, hier sind wir schon. Steig schon mal aus. Ich such mir da ums Eck noch schnell einen Parkplatz.

Lass nur, ich komm mit. Mitgehangen, – mitgefangen.

Wie der Herr wünschen ...

In einer dicken Times prangte *Open End* links außen an der Fassade. Und darunter bündig in kleinerer Schrift *Ihre Buchhandlung*. Einige wenige Gäste, hauptsächlich jene, die rauchten, standen vorm Eingang. Steller und die Krön gingen an ihnen vorbei, grüßten artig nach links und nach rechts, suchten Marion.

Allesalles Gute, gab es Küsschen. Und vielviel Erfolg.

Danke Cheffe, danke Frau Krön. Neues Outfit, Herr Steller? Toll, passt Ihnen gut.

Hier, haben wir dir mitgebracht, zückte Steller schnell den Gedichtband.

Da bin ich aber gespannt, darf ich ...

Jaja, bitte, mach's nur auf ...

O-o, Gedichte von ... von Ihnen beiden ...(?)!

Ich wusste ja gar nicht ...

Wir auch nicht ... lachten Steller und die Krön.

Ja vielen Dank mal fürs Erste, drückte Marion das Büchlein in ehrlicher Freude an ihre Jungunternehmerinnenbrust. Kommen Sie weiter ... Im Garten hinten ist die Bar.

Am Weg dorthin stellte ihnen Marion noch den Kulturreferenten der Gemeinde und etliche andere Gäste, deren Namen und Funktion Steller im selben Moment wieder vergessen hatte, vor.

Auch ein Bier? Ich glaub, ich betrinke mich heute, wandte Steller sich an Christa Krön. Hmm, lieber Wein, Weißwein. Einen Sommerspritzer vielleicht. Schon stand das Gewünschte vor ihnen auf der Theke. Der Barmann grinste sein dezentes Stetszudiensten.

Ja, jetzt sieh dich erst mal ein wenig um, bevor du dich dem Alk hingibst. Zum Wohl, Steller!

Sehr freundlich! Auf Ihres, Frau Krön!

Es dauerte keine zwei Stunden, und Steller hatte genug. Er saß in einer dunklen Ecke des Gartens und lallte „Ich will nach Hause" in sein fünftesodersechstes Bier.

Christa Krön sah ab und zu nach ihm. Ja, ich denke auch, du hast genug. Wir gehen. Steller sah noch, wie die Krön mit Marion tuschelte und beide kurz zu ihm blickten. Das nächste, was er realisierte, war, dass er auf einer Couch lag. Und eine Krankenschwester, die verdammt Christa Krön ähnlich sah, ihm die Schuhe auszog.

Die Nachricht hatte schnell die Runde gemacht.

In Bad Schlichting war in der Nacht von Samstag auf Sonntag ein Haus eingestürzt. Steller brauchte lange, bis er realisierte, was ihm da Christa Krön zum Morgenkaffee auftischte. Du machst Scherze.

Christa Krön war es ernst. Zieh dich an. Wir müssen schnell rüber.

Schon von Weitem sahen sie die Menschentraube der Berufsneugierigen und die Einsatzfahrzeuge der Freiwilligen Feuerwehr. Leute von der Bergwacht kamen eben mit ihren Lawinenhunden an.

Lass mich alleine ...

Bist du sicher ...(?)

Jetzt fahr schon.

Steller näherte sich langsam der Ruine, die noch gestern Abend seine Bücherarche gewesen war. Steller hörte die Schaulustigen reden.

Angeblich weiß man nichts Genaues, was mit diesem Steller ist ...

Muss ja ein kauziger Kerl gewesen sein ...

Offiziell gilt er als vermisst.

Der arme Mensch.

Da, das Gelbe! Steller entdeckte eine Plastikente aus seinem Schaufenster am Rand des Schuttkegels. Verstohlen nahm er sie an sich. Hier gab es sonst nichts mehr zu tun für ihn.

Später wird sich eine Schaulustige erinnern, dass sie einen unbekannten Mann gesehen hätte, wie dieser an der sternförmigen Brücke über das Geländer gebeugt stand und etwas Gelbes ins Wasser fallen ließ. Groß, Bürstenhaarschnitt, helles Haar, grauer Anzug ... Nein, sie kenne Steller, Engelbert Steller war das in keinem Fall. Nein, da sei sie sich sicher.

Steller ging seine Runde. Vorbei am Friedhof. Zum Schotterteich, zurück über die Promenade. Von der Telefonzelle bei der Post rief er Christa Krön an. Kann ich bei dir ...

Wo bist du? Ich hol dich ab.

21

Zwei Jahre später sollte ein gewisse Christa Krön im Gemeindeamt Bad Schlichting um eine Baubewilligung einkommen. Am Grundstück neben dem Campingplatz hinten am Hinterersee soll ein Gebäude in der Art eines Leuchtturms errichtet werden.